散文无界+

走过时光

李景平·著

图书在版编目（CIP）数据

走过时光 / 李景平著. — 太原：北岳文艺出版社，2021.1

ISBN 978-7-5378-6311-7

Ⅰ.①走… Ⅱ.①李… Ⅲ.①散文集—中国—当代 Ⅳ.① I267

中国版本图书馆 CIP 数据核字（2020）第 207176 号

走过时光

李景平 / 著

责任编辑
贾江涛

装帧设计
张永文

印装监制
郭勇

出版发行：山西出版传媒集团·北岳文艺出版社
地　址：山西省太原市并州南路 57 号　邮编：030012
电　话：0351-5628696（发行部）　0351-5628688（总编室）
传　真：0351-5628680
经销商：新华书店
印刷装订：山西人民印刷有限责任公司
开　本：890mm×1240mm　1/32
字　数：165 千字
印　张：8
版　次：2021 年 1 月第 1 版
印　次：2021 年 1 月山西第 1 次印刷
书　号：ISBN 978-7-5378-6311-7
定　价：36.00 元

本书版权为本社独家所有，未经本社同意不得转载、摘编或复制

自 序

我从哪里来？我到哪里去？

据说，这世界，许多人在追寻着这个古老而时髦的话题。这个说清浅也清浅说玄奥也玄奥的哲学命题，自有其追寻的终极价值。但说实在的，我没有过多地琢磨过这个问题。

我久久萦绕于心的，是自己的一个问题——

一个人走过一生的时候，不论他做过什么或者不做过什么，不论他留下什么或者不留下什么，他留给自己的，是一种什么样的感受？他留给世界的，又是一种什么样的感情？

我觉得，那也许永远是一种——遗憾和愧悔。

我的遗憾和愧悔，是我的祖父在病重的时候我知道他已吃不下饭了却没有回去。其理由居然是自己给自己找的一个纯粹理性的判断："人固有一死。"以致后来在祖父去世之后我才赶回去看他，那时，祖父已经躺在他的老窑向天而眠。听家人说，祖父弥留之际还在心心念念呼唤着自己孙子的名字。就在那一刻，我遗憾极了，我后悔极了，而这遗憾和愧疚，成为我四十年之久的郁结。那么，站在祖父的角度上，我的祖父，他的遗憾是什么呢？我想，他最后的遗憾，肯定是，想见他的孙子而终不得见，以致只能在含恨中逝去。这遗憾，这情结，凝结于生死之间，而结下了，就无法再解。

  我的遗憾和愧悔，是我的母亲逝去的时候我守候在她的身边了却没有半句告别。我是在母亲弥留之际赶回去的，晚赶回去，是因为难于抽身。那时，终于守候在母亲身边了母亲却不知，我一遍一遍呼喊着母亲，我坚信母亲会挺过去会没事，我想母亲会在我的呼唤里安然醒来安然无恙。但就在我这样想着的时候，母亲眼角突然流出两行清泪，动了一动就永远地静了。在了母亲身边却未能相见，我顿时生出痛心疾首的遗憾。那么，母亲她有遗憾吗？母亲的遗憾又是什么？我想，肯定是不想离开我们，母亲肯定是听到我的呼唤了，留恋亲人却留不住自己，这遗憾，就在感应之间定格成了永恒。

  我的遗憾和愧悔，是我念念不忘父亲的高龄却就是不能在父亲身边长久守候。我越来越感觉到，父亲是已经老了，耳朵越来越听不清说话，腿脚越来越移动艰难，记忆越来越模糊，早晨吃了饭转眼就记不得吃了什么。九十岁高龄啊！我本应守候在父亲身边的，然而总是不能。不是在跑着自己未完的事情，就是陪妻子给女儿照看孩子。都说，人是往下亲的，心里知道照顾了外孙就照顾不了父亲，不是愧对父亲就是愧对外孙，总是不能尽心。只能将对父亲的遗憾和愧疚明明白白揣在心里。每每回去看过父亲之后离开，看到父亲依依不舍却黯然无奈的神情，我感到了父亲深藏的留恋和遗憾。

  我的遗憾和愧悔，是突然之间感觉到了深爱着外孙却没有给外孙留下些许的文字。就在这个春天被新冠疫情憋在家里的日子，我拿出这部书稿里记述女儿童年的文字，读给外孙。读着读着，依稀回到了从前，依稀生出外孙似是儿时女儿的幻觉，不知不觉唤着女儿却抱住了外孙，然后，突然一怔，回过神来，就隐隐地遗憾和内疚起来。想想外孙渐渐长大，将不知不觉走出幼稚时代，然而我，在这么长的时间里，在有了第一个外孙又有了第二个外孙之后，竟没给外孙们写下一篇记忆童年的文字。我遗憾了。但我不知道，将来有一天，外孙看到我的这些文字的时候，会不会生出什么遗憾。

一个人有一个人的遗憾，一代人有一代人的遗憾。

人在走过人生的时候，其实在许多的事情上，是会有遗憾的，会有负疚，也会有愧悔。爱情，亲情，友情，尚不能尽心尽意，尚会留下许多的缺憾，何况人世间别的事情呢？

人有所做事就有所失去，失去就是做事的代价。而这代价，过后回想，就生出了遗憾和愧悔。但人却不会因为遗憾和愧悔而不去作为。这也许就是人生悖论或人世爱憾的循环。

其实，在这个人生的循环里，是许多事情还没顾上做，许多梦想还没顾上圆，许多关怀还没有顾上感恩，却也许就已经没有机会去做去圆去感恩了。这时，不是遗憾是什么？

突然又想到了那个命题：我从哪里来？我到哪里去？

我从母亲怀抱走来，走进人寰世界，最终会走向大地母亲。我从乡村山地走来，走进城市绿地，最终会走回空冥之地。我觉得我这生是不会走出遗憾和愧悔了。遗憾和愧悔会绵绵延延地伴着我，走过时光，走过人生，走向空冥之间。

而抱着这遗憾愧悔走向空冥的时候，心里知道，那所谓的遗憾愧悔甚至遗恨，其实是一种深深的深深的情和爱啊！

2020年5月20日于太原汾河西岸家里

目 录

第一辑 心念妻女

003　雨地的回忆
006　妻子的嗜好
008　一片晶莹
011　童　真
016　女儿的月亮
018　描述秋光
021　小赖趣语
025　看着你自立
028　明天好梦
032　你给我感动

第二辑　感恩父母

- 039　父亲的书
- 044　父亲的杂文
- 048　旅途致母亲
- 051　跪祭母亲
- 056　永远的怀念
- 060　父母的爱情
- 065　母亲之献
- 069　一只手表的怀念
- 072　绿苹果的回忆
- 076　烤馍片的遥想
- 081　背后那双眼睛
- 085　国际长途

第三辑　怅望乡土

- 093　老　屋
- 097　遥祭黄土魂
- 100　老屋和我的姑姑们
- 104　那片绿绿的谷地
- 108　乡土感情
- 112　远去的年

第四辑　留住时光

- 119　生活，我赞美你
- 123　灭蟑螂记
- 128　里程碑
- 132　走过绿地
- 135　雪　路
- 138　我的母校
- 143　时间河
- 146　上班的感觉
- 149　我的城市之门
- 153　黄鹤知何去
- 157　与每一个我相聚
- 161　年轻我辈此刻
- 167　走过你我的时光

第五辑　怀想故人

- 177　灰　烬
- 179　老　吕
- 182　热　血
- 186　清　风
- 192　与汾水长流
- 197　洪涛流逝

202	一片绿叶
207	与绵山长存
213	沉　重
219	记着这位文学老人
223	飞上天空的一缕清魂
233	把自己撒向汾河
237	情归何处
243	后　记

第一辑　心念妻女

她那晶亮的、水灵的眼神，常常告诉我们，童真，是透明的。

雨地的回忆

我觉得，我的那片记忆，是永远地被雨淋湿了，而且是惆怅的愧疚的雨。这记忆潮潮的湿湿的像块冷海绵覆盖在心头，使我后来老是觉得我的疏忽、我的大意或者说没有留意，实在是太不应该地错了。

其实并没有等到后来，而是就在妻默默地跷着脚尖渐渐地渐渐地消失在雨地的那一瞬间，我已经意识到，我是完全无意识地完全不自觉地犯了一个难以自谅的错误，或者说这无意识不自觉本身就是个错误。

妻是在前一个夜里就早已透露过的。那时，她一夜仄起来好几次听雨，而雨总是淅淅沥沥地低吟着。妻说，下着就下着吧，去不成也就不去了，反正我也没找见那双白胶鞋呢。妻是在那个夜里就透露过她在找那双白胶鞋的。我当时睡意蒙眬，但这句我是听清楚了；而且我还清楚地记起是我曾在一次准备出游的时候，把那双白胶鞋带到单位了。但我只说睡吧睡吧，明天我给你找。她说不用不用，我自己找吧。我知道她从来不愿因一点点事情分我的精力。但听她这么说着的时候，我好像还不由得滑稽地笑了笑，心说，鞋在我单位呢，你找得着吗？

可是后来怎么就忘记了呢？怎么就在那个睡熟的早晨起来之后，把这事忘得彻彻底底！以至于妻在过了一天，又过了一天，而终于在那个仍是阴雨天的日子里，因集体定好的车而不得不披雨出游的时候，雨地上，就有了那凄凉的伤感的，使我久久铭心刻骨深感遗憾的情景。

当时，妻就那么走在雨地里，穿着一双布便鞋，一双白底边儿已染得发黑而黑布面洗得泛白的布便鞋，走在满是混杂着红胶鞋、蓝球鞋、旅游鞋和登山鞋的雨地里。她努力地跷着脚尖，跷着脚尖，躲躲闪闪地弹跳过那些清清浅浅的水洼，以不让雨水撩湿到脚面上去。但雨水似乎也偏偏作对似的，妻越是跷着，它就越是撩着，没走几步，鞋尖上，鞋面上，已黑黑地印着了一个半圆形的湿印，而且后跟也毫不客气地在她裤腿上溅出几点鲜湿……我看着雨地上这双孤独的布便鞋，一时间觉得，妻脚上是多么需要那双白胶鞋而不是布便鞋呀！然而一切都晚了。那双白胶鞋仍待在我睡意蒙眬中想到的地方而无法穿到妻的脚上。我送给妻的，就只是一片雨地上的孤凄与冷湿！

我就这么送妻子吗？我感到我无法为自己开脱。似乎越开脱就越开脱不了。忘记了么？无意的么？我恰恰不能宽容的就是自己的无意的忘却。我甚至想，事情如果要真是有意，倒还算好说，问题是无意的、不自觉的，就恰恰更糟。这不更深层地反映出你心里的一种漠然吗？要不，你怎么就会任妻走入雨地之后才有所发觉呢？

想起来，我好像一直都很漠然。多少年我总是认为，夫妻间的深爱，绝不在于屑碎的小为。所以我久久地对妻的一些微细的情感，未能切切地珍重。同样是在雨地，妻揣摸着我的行迹所至，东东西西、西西东东为我送去雨伞雨衣，而我只是漠漠地一斥："下一点点雨，大丈夫的，还怕回不去吗？"深秋的时候，妻为我赶织毛衣，手指贴着双层胶布而仍被磨得鲜血汹出，我只是淡然地阻止："随便买件算了么，何必呢？"冬雨的路途，妻急匆匆追出来把一只刚刚点燃的散发着烟香味的怀炉塞进我胸膛，我只是说："穿这么厚了，有这个必要吗？"……想起来，妻把自己的才华、学识和整个青春都埋入我的生活了，我却长久地未报之以深彻的理解。妻给予我的，实在太多太多了，而我，又给予她什么呢？人常言，雨中送伞，雪中送炭，那是人生之途遭遇的极高的境界呵，可是一个人一生中，又有几次能相逢如此的境界呢？我深深感觉到，我这一生，只有相濡以沫的妻能使我获得这层境界的挚爱了。然而我之于她呢？就送给她雨天雨地的孤冷与凄湿吗？

我绝对不能宽容自己所谓的无意的忘却。我不能。似乎就在妻渐渐地消失在雨地的那一刻，我深刻地印下了我不可原谅的那一幕，以致后来很长很长，我老觉得我是一直站在那片雨地上。那湿漉漉的记忆，我已无法忘却了。我想，直到永远，我都会为我的愧疚我的重新发现，而深长深长地感激着——那片雨地……

1990年2月于太原青年路岳母家

妻子的嗜好

突然有一天,不知怎么就生出了这么一种想法:妻子有什么嗜好吗?

也许是觉得自己算是有嗜好的,便想到了妻子。其实,自己也说不准买书算不算自己的嗜好。虽遇喜欢的书,总是读不读先买下,结果,书是买了不少,有时间去读和有心思去读的却不多,以至于书都堆得没地方放了。

也许是觉得女儿算是有嗜好的,便想到了妻子。本来,小小孩童正是喜新厌旧的时候,女儿却不知怎么就恋上了橡皮;不管用不用,总缠着大人给买。结果,各色各样的橡皮攒了半袋,时不时就摊开来自个儿摆弄。

也许就这样推论下来便轮到了妻子?但想来想去,似乎想不出妻子有什么嗜好。

女人普遍的嗜好应该是穿衣着装追逐时髦吧?妻却没有。一件灰衣能一年穿四季,一件大衣能一穿穿十年。不用说时装,就是普通衣服,我还得反复催她,才到市场去看看,以致单位上有人开玩笑,说:"你老头子也不打扮打扮你,干脆嫁给我吧,起码给你弄几身衣服。"活活冤枉煞她家老头。

女人时下的嗜好应该是描眉画眼粉饰面颜吧?妻也没有。不涂脂不抹粉不文眉不烫发,一脸自然到如今,居然没一个皱纹,没一丝皮塌，闹得邻居都不以为她已有了七岁的女儿。去南方出差，热心人还要给她介绍对象。她呢，也说喜欢南方的绵绵细雨——当然，也赶紧给我声明——并不喜欢南方的人。

没什么嗜好，倒也像有嗜好。丈夫买书，她也给买书；女儿买橡皮，她也给买橡皮。女儿和丈夫的嗜好，就是她自己的嗜好。

倒是有一点似乎是她的嗜好：买吃。什么上市买什么，什么时鲜买什么。冬日买西瓜，夏日买炒栗，买回来又不吃——自己不吃光让另外两个家伙吃。就像平时吃饭，她自己吃在最后，还光往你碗里夹菜；她自己没顾上吃，也以为别人没吃好，老是以己度人。就像素常穿衣，你本来有穿的，她自己不穿却只是要给你买，说丈夫穿不好，出去不体面，女儿穿不好，当妈的不尽心。就像工作之余接送孩子，辅导作业，刷洗做饭，她全包了；日日颠儿得背痛腰疼，却允许我对家不管不顾。无奈，丈夫不是逢时逢世之人，正直做人，默默做事，为别人作梯作阶作嫁衣，别人还冷不丁背地里打黑棍。妻就说，不图你升官不图你发财，只图你高高兴兴干你的事。说你不高兴，我在单位高兴也不高兴；你高兴了，我在单位不高兴也高兴……

如此联想下来，我终于发现，妻的嗜好也并非是什么"买吃"，妻的嗜好是那个永恒的字眼。只不过，当我们过了青春说爱的年龄之后，妻已把她的永恒的字眼融化成一种如毛线编织，如烹调绿菜，如蓝色火焰一样实际而又美丽的温馨。那是没有嗜好的妻子拥有的唯一嗜好，那是属于只有丈夫和女儿才能感受到的独特的嗜好，我的没有嗜好的妻子的嗜好！

1993 年 5 月 15 日于太原新建路斗室

一片晶莹

我常常记起在山野里看到的青青草叶上滚动的颗颗晶莹露珠。但在我寄身于这油尘弥厚的城市,于烟雾缭绕中面对着杯杯酽茶理着理也理不清的思绪避着避也避不开的嘈杂谈着谈也谈不断的话题之后,我又常常想到,那情景,那意境,是不会再有了……然而,从那天起,当我三十岁的人生驮着疲惫与匆忙颠簸回家里,捧起我小不点儿的女儿的时候,我觉得,我又拥有了又看到了——那一片晶莹。

女儿是在那个空中淡淡弥散着鹅黄色的柳雾的季节,同春一起诞生的。一诞生,就像一滴圣洁的水,圆圆的,亮亮的,静谧谧的,滚落在洁白的襁褓里了。

之后,她扑闪着纯亮而泛着蓝光的大眼睛,瞧着一切的陌生与新奇,仿佛一潭水晶湖深邃在眼窗那边,向这世界透射着、赠送着童真与纯净。

再之后,她张着小手呵着小嘴儿无忧无虑地招呼着这个世界,想怎么哭就怎么哭,想怎么笑就怎么笑,想怎么扑闹就怎么扑闹;她哭她笑她扑闹,那声音,像从心底努出来的一片水灵,那扑动,则像是用全身全体向这世界投着一颗纯真的童心……所以当这世界回报以片片晶莹给她以第一场冬雪的时候,她是怎样惊异怎样热烈地扑打着窗玻璃,怎样的亲昵,又是怎样的欢快呀……

女儿真是纯洁至极真诚至极。对于女儿的喜爱,我常爱到"咬牙切齿",以至于在她滚圆的脚脖上啮出深深的印痕。我觉得,在她纤尘不染的眼神的透视下,任何敷衍与虚伪,哪怕一闪念的欺哄,都足以使人心虚、愧疚和汗颜。

在这儿,只有真诚对真诚,纯洁对纯洁。而当你用这片纯真对着那片纯真的时候,你感到无比的恬静、美好和神圣。在女儿那片晶莹的照映下,你忘掉了这美好世界存在着的那些杂乱与龌龊、卑琐与丑陋、腐朽与肮脏;你消散了劳作的困顿、生活的烦恼、世事的错杂、人际的勾斗和事业的艰难;甚至那些被虚伪哄骗被狡黠玩弄被世俗讥诮被佞谄所垢毁的郁闷,和自己企想着试以其人之道还治其人之身的痛愤,也统统荡然无存了。

在这里,你得到的是肉体的歇息、感情的宁静、灵魂的安慰,似乎躲进一个避风的港湾,沉浸在一种圣洁与美妙之中,安然自得,缱绻留恋,久久不肯离去……

然而,不肯离去,又须离去。堂堂五尺男子汉怎能在女儿的天真里寻找寄托,在童稚的圣洁中觅求慰藉?沉溺于儿女情长的缠缠绵绵,对儿女无所益,于自己无所益。在己,于心有愧;在人,为其不齿!男儿的真性不是在激流中升华么?丈夫的纯正不也于炽烈中锻造么?所以我仍得去奔波仍得去拼搏仍得去奋争。但不是用邪恶而是用正义,不是用诡谲而是用真诚,不是用虚伪鄙俗而是用女儿那里得来的真诚,用自己心底的赤诚,去对抗去消除这混杂世界中的猜疑、奸诈,用我辈灵魂的清洁去净化那些躲在笑脸后的尘垢和夹在天籁中的聒噪……哦,为了女儿的将来，为了圣洁不受污染，愿所有的父亲，所有的母亲，所有的父母亲们呵，真诚常存，奋进不止！毕竟，愈来愈美好的，正是世界，正是将来。

1987年女儿周岁生日于太原青年路岳母家

童　真

我们经历了童年，却忘记了自己的童年是怎么一种样子。当女儿"咿咿呀呀"地渐渐会唱了"啊啊，一年又一年"的时候，我们看到，这小家伙，已有了一种绝对可爱的淘气与调皮。于是我们猜想，儿童大概都这么聪明伶俐吧。但是老人们却说，我们这么大的时候，笨呆呆的，根本记不清有什么出息了。

不过，这到底是令人欣慰的。因为，我们越来越发现，我们的女儿，这小家伙，在她不断用童真雕塑着自己孩提世界的时候，竟给人一天一个惊喜呢。

自然，在她用眼睛默默地注视着这个世界而突然漾出沁心的微笑的时候，我们不知道她在想什么；在她侧耳静静地倾听着这个世界而突然堆起诧讶的兴奋的时候，我们不知她在想什么。但是，她那晶亮的、水灵的眼神，常常告诉我们，童真，是透明的。

我曾在薄薄的夜晚，于莹莹的灯光下，指着投在屋壁上的女儿的小影，对她说："这是爸爸。"她晃晃身子，看看影子，认真说："是博博。"我指着小影说爸爸，她指着小影说博博。爸爸，博博，爸爸，博博……我本来无意于测试她的，这时却突然发现，这家伙，怎么这么精灵啊，居然连影子都能辨真实！……然而后来，面对着窗外远远的楼房，我指着楼房凉台上浇花的青年,告诉她"那是大人"时,她却说"是娃娃"。我说"是大人",她说"是娃娃";我说"是大人",她说"是娃娃"……她总顽皮地同我争执着。是故意同我玩"逆反"呢,还是执迷得失了"真"?……直到我细细去体察了,才发觉,当这空间距离之魔把远景缩小时,在我们童真的感觉里,那青年又何尝不就是"娃娃"?我感到,在影子那里,真就是真,是就是是,童心里本来就有着真挚之灵的,存不得任何的虚伪与哄骗。而在楼窗这里,不是转成了是,假的变成了真,错觉虽是错觉,但这美好的童真里,没有功利,没有大人世界的世故与经验,有的只是纯洁,有的只是透明。而这纯洁到了透明的时候,那是多么好啊!

童真是透明的,童真,也是自由的。

女儿学会了走路,与其说是在我们的扶持下,不如说是在我们的约束下,不如说是冲破了我们的牵制和约束,而自己开始的。原先我们太谨慎了,只说这孩子缺什么素呀,骨头还软呀,总是用大手管束着她,限制着她的自主行动。她要爬床框,我们说碰着了怎么办;她要下地走,我们说跌着了怎么办。我们总是想象着那碰着跌着的后果,哔!啪!然后是头上、脸上、或嘴唇、或鼻子,流了殷红殷红的血……于是,女儿老是在我们怀里抱着,老是在我们手头端着……终于有一天,这小家伙,居然死劲地踢腾着要下去,居然死劲地挣扎着摆脱了我们的手;然而却不是跌倒,而是从沙发走到床边,又从床边走到沙发,小家伙,居然会走路了!这大概是童心在竭力地表现着自我、实现着自我吧。会走路了,她就念念有词地转着、踱着、跑着,想到哪儿就到哪儿,优哉游哉,也不知她在自言自语表达些什么;会走路了,她就煞有介事地在什么也没有的空中一抓一抓地抓着什么,说是把东西装在小车车里,然后拉着满世界地乱跑……在这里,自由,原本就是人的天性啊!童真是自由的,不仅行动是自由的,而且思想、想象也是自由的。因为自由,因为无拘无束,因而有了神奇的富有创造意味的想象。而这自由的想象,使你想起了中国地方戏里以虚代实的戏剧动作该不是从这神奇的童真里得到了启示吧!

然而比起来,生活在成人世界的人们,似乎活得太拘泥了。不敢哭,不敢笑,不敢思,不敢想,不敢爱,不敢恨,畏畏缩缩唯唯诺诺,不仅用套子装起了自己,而且自觉不自觉地去装束别人,装束自由和自由的思想与想象。在童真面前,我们不是太惭愧了吗?

童真是自由的,童真,还是善良的。

我不知道荀子的"人之初性本恶"的理论是怎么得来的,而且,居然同孟子老先生的"人之初性本善"争论了两千多年。我只知道,我在女儿的童真里读到的,是同情,是善良,是纯纯净净的友爱。不是吗?当她看到大人们什么地方因触痛而痛苦难受时,会努起小嘴儿拂拂地吹着、抚着、安慰着;当她看着别人微笑或欢笑时,会高兴地咯咯咯比别人还笑得更甚,甚至于手舞足蹈而不顾自己的跌闪……女儿呀,你是整天无忧无虑地笑着,用友善和欢悦面对着世界。

然而有一夜,她甜甜地睡着的时候,却突然呜呜地哭了起来。妻子莫名其妙,便问:"博博怎么啦"?她悲切切地说:

"爸爸。""爸爸怎么啦？""爸爸哭。"妻子问："博博梦见爸爸哭了，是不是？""是。"……这小家伙，第一次做梦，居然是梦见爸爸在哭？我们想起她平时不忍见别人流眼泪而别人啼哭她也就哭的习惯，看来，这梦是真的了。然而，爸爸怎么会哭泣呢？而且竟是哭在女儿的梦里！……可是，你尽管已是做了爸爸，难道，你真的没哭过吗？——当你的善意不被人理解甚至被误解、曲解而被投以冷漠、嘲弄的时候，你哭过没有？当你的正直不受人欢迎不为人容忍甚至遭人中伤、毁谤的时候，你哭过没有？而当你的纯正和善良、抱负和事业、才华和意志长久地被世俗所挤兑被平庸所包围被恶劣所抑制而渐渐地不得不有所萎缩的时候，你哭过没有？……哦，我说，爸爸是哭过的，而且悲切地哭泣过；只不过爸爸的眼泪不是抛洒在人前，而是咽在肚里了。但是，爸爸的哭泣，无声无咽，无形无影，怎么会投在女儿的心幕上呢？

按照弗洛伊德的理论，孩提时代的经历常常形成未来梦的来源。那么，孩童的梦呢？会不会潜沉积淀到女儿未来的生活里呢？那悲苦的梦，会不会冲淡了童真中本该越来越浓厚的爱与善呢？

童真是透明的，童真是自由的，童真是善良的。因而，童真是美丽的。而这美丽，这童真，正是一片洁白之美。一切，都刚刚开始。真善美刚刚开始，假丑恶也刚刚开始。但愿这童心和童心的未来将是永远地生长着真，生长着善，生长着圣洁和美丽！

然而这正需要负载童真的这个世界多一些真善美，正需要我们这些面对着童真的大人们多一些真、善、美！我们大人的悲剧，正在于童真越来越少而世俗越来越多。没有透明，没有纯真，没有自由，把自己封闭在虚假的非我里，别人骗自己，自己骗别人，自己骗自己。我们不正该在圣洁的洗礼中，再煎熬他几次，再锤炼他几次，从而获得纯真的回归吗？我们不是在改变着这个世界吗？我们正需要改变自己。

为了孩子，为了童真，我们，救救自己吧！

1988年女儿生日于太原青年路岳母家

女儿的月亮

莹莹的月光洒了下来,春天便浸在圣洁里了。

迎春便净黄净黄地朦胧着,嫩柳便透明透明地氤氲着,空中便深邃着幽幽冥冥的美好。

这时候,妻子看月亮,妻的眼中就升起来月亮;女儿看月亮,女儿眼中也升起来月亮。我呢?我看着妻和女儿,我觉得,我的眼底也升起了月亮……

"妈妈,我上月亮上去呀。"

"你怎么上去呢?"

"妈妈抱我一下就上去了。"

"月亮长在天上。月亮好高好高呢。"

"我要上月亮上去。月亮是我的。好高好高也是我的!"

真让人意想不到,小家伙竟说:"月亮是我的!"

你敢说月亮是你的吗?我敢于说月亮是我的吗?

我们只会说,月亮是大家的,月亮是大自然的。我们甚至说,不要培植孩子自私罢,不要放纵本性。

可是,难道这是我们大人世界所谓的那种"自私"么?难道这儿有任何的觊觎、贪婪和狡诈而不是天真的纯粹的自由的童真和童爱吗?

童心世界的"我的",那其实是多么宽广多么高洁的境界呀！月亮是我的，星星是我的，天空是我的，大自然是我的……一切，都透明在那片童真之下，化得如水的月光一般纯净美丽了，却独独缺少那种属于大人世界的占有之贪欲。

大人们自然不说"月亮是我的"，统统自以为成熟了。然而，成熟就意味着心域世界越来越缩小么？

我想，作为人生的童年时代，女儿的美的启蒙，正源于神秘的诱人的月亮，起源于那种千古的皎洁、万世的美好和永久的神圣。月亮把她的美慷慨与女儿的时候，月亮是女儿的了，而女儿的心，以及爱，也牢牢地挂在了月亮之上……

那么，假如人人如斯，说月亮是我的，大自然是我的呢？

那么，假如人人如斯，也把爱挂在月亮，挂在大自然之上呢？

那样，姣好的月光下，那些与美不和谐的什么，势必瑟缩而去。因为，其正羞愧于月之美，月之光明，月之坦然，以及月之清正。

哦，愿童心之"我"不要失落，愿女儿拥有永远的月亮！

1989年女儿生日于太原青年路岳母家

描述秋光

瑟瑟的晚风把一湖翡翠摇得一片颤动，深邃中那个梦幻般的倒影世界，便抖抖的，乱乱的，碎了。

秋叶在女儿的脚下嘶嘶沙沙地嬉戏着。我伸手拦住女儿的蹦跳，启发性地、诱导性地指着满湖的粼光，说："看那儿，多美呀！描写描写？"

我喜欢女儿在大自然的背景下随意地、胡乱地伸张她不满四岁的想象，伸张她那囿于见识却包含了拟人、夸张、变形、比喻和通感的诸如"阳光走下天""房子爱吃草"和"甜甜的绿树"之类的创作。

女儿呢，更喜欢投身于无拘无束的自由里，竭力昂首，竭力挺胸，竭力做着小大人似的郑重。就如此刻，她凝望着遥向远处的湖光和湖光之外的世界，器宇轩昂地鼓起了诗人似的狂想。

她说：你看，亮亮的海呀，闪闪地眨着眼睛，向远方去了；海的那边呀，飘飘飘的长树，黑呼呼地站着，像老爷爷的胳膊，把和积木一样样的楼房挡在了远远的那边，那白色的积木楼，就使劲地往上长呀，长呀，就顶破了老爷爷的胳膊，就长到天上去了……

女儿以一天一个新奇的样子，拿腔拿调地吟诵着。我竭力捕捉着女儿的每个神情,看着她亮亮的眼中映出的世界和她对这个世界的描述。在我只惊奇于她的胜过一切的逗人的时候,她却戛然而止,突然问我:"爸爸,看那儿——那儿是什么呢?"

她在定定地看着前面什么地方。

我循着她手指望去,我看到了突然吸引了她的好奇和兴趣的那一尊洁白。我说:"那是雕塑。"

她说:"那你给我描写描写雕塑吧!"

蓦然间,我感到我心底涌起一种庄重,一种不愿、不敢、不胜轻易描述这雕像的庄重。我知道,那雕像,那永永远远只有十五岁的少女,曾经是怎样以她热血的青春、纯洁的生命掀动了人们诚挚的热爱呀!但是,后来,她在这世界上,被冷落被漠视,实在太久了……她给了人生命,而人们又给了她什么呢?

我凝凝地看着那尊洁白,怔怔地沉默着,久久,才转向女儿,看着她的同样是庄重的纯真的期待。

我说,那是在冬天的时候,这蓝蓝的湖变成了一片冰原。冰原上,星星点点的、红红绿绿的小不点们滑动着,滑动着,当他们在冰层上滑出美丽的弧线的时候,冰层突然破裂了,三两点红绿便噗噗地滑入冰窟……而当时,就是这位大姐姐,在冰窟中摸呀,摸呀,终于,她把水中的小朋友托出死亡了,她自己,却永远留在了这里……

"那她在这儿不冷吗?"女儿看着那雕像,露着她童稚的关切。我说,不冷,不冷,她心里热着呢。正因为有了她,我们这世界,才有了更多的温热。

"噢，我说怪不得我的手是热的呢！"女儿绵绵地把小手伸到我的脸上，叫着："爸爸你摸摸，我的手，可热呢！"

我倏然一阵血热，紧紧地，捧住了女儿的小手。

我说，是的。女儿的手是热的，女儿的血是热的，我们生活着的每个人的血，都应是热的呵！

我这样述说着，说给自己，也说给女儿。我知道女儿还完全不懂，但我愿不停地说着。我相信在她小小的潜意识里，有一天会爆出一朵明朗的芬芳。就像那黄叶覆盖、金草涂抹的秋原上，默默中站立的，总是生长着的希望……

秋天渐渐浓重了，天光亦渐渐黯然，蓝的湖越来越深幽着，更像智者的脑海了。我想，女儿对秋以及这世界的描述，也会越来越成熟。

1989年10月9日于太原青年路岳母家

小赖趣语

我在外面是不大讲话的,以致有人说,这个人最大的特点就是沉默。这除了我讷于言辞之外,还在于即使言辞,也统统一腔严肃与正经,没有一丝幽默的味儿;也在于越严肃越正经就越怕讲出些不是因为幽默却使人发笑或发恨的什么。于是便干脆沉默给人看。

然而与女儿在一起,我却极愿意说笑的,似乎不逗她不说笑就感到难耐的沉默。这完全源于女儿那亲昵的天真的,自然得像水一样流出的童言的可爱,它给了我足够的使我老要惊异的乐趣。

记得,女儿在刚刚意识到自己有了名字的时候,别人问:"你叫什么呀?"她马上蹦豆子般地叫道:"爸爸叫我李博,妈妈叫我照照,爷爷叫我兆媚,奶奶叫我星星,姥爷叫我赖巴货,姥姥叫我臭狗屎!"她在这串糖葫芦般的句子里,总把末了的仨字讲得津津有味。人家逗她:"臭狗屎是什么呀?"她洋洋得意地摇着脑袋:"臭狗屎就是臭狗屎!"也不知她自豪于一种什么意思。

两岁半,还是奶头上吊着的时候,我们把她送到了幼儿园。那时,每天起床,她满脸便聚着幼小的惆怅,眼睛怔怔地盯着什么发呆。妻谨慎地回避着不提去幼儿园的事,我却好事者生非,问:"博博想什么呀?"这一问,她像发现新大陆似的叫起来:"妈妈,把爸爸送到幼儿园!把爸爸送到幼儿园!"她总以为那幼儿园是随便送个什么人就交代了事了。然而,妻毫不留情,毅然抱她出门。于是,她一路哭喊:"把爸爸送到幼儿园,把爸爸送到幼儿园。"喊得人心都酸酸的。后来送惯了,我想起这事总逗一句:"把爸爸送到幼儿园?"她马上正言道:"你那大了还去幼儿园哪?让人家笑你呀。"她完全把先前的叫喊忘得一干二净。

平素在家里,小家伙的吃饭是头号难题。大家饭都盛好了,她总是看看这个,瞅瞅那个,等别人吃完了,她说,她也吃饱了。最后,大家想了个办法:比赛吃饭。但小家伙不知怎么想的,谁都不跟比,偏偏同姥爷比;而每一比,谁都控制不住,非把姥爷弄得撑撑的才作罢。但有一次,她补了牙回来,姥爷照例说:"博博,咱们比赛吧。"谁知她脸一偏:"我今天不跟你比赛了。我吃得慢了吧,姥爷成了第一,我吃得快了吧,吃坏我的牙了。我不跟你比赛了。"这逻辑,弄得满桌人一片啧啧。一会儿,她困难地吃着,身上热了,便一边解衣扣,一边感叹道:"哎呀,真麻烦,热得我浑身冒哈气。"谁也不知她怎么就有了这样的一个形容,以致家人向我们夸赞:"看看你们这小捣蛋哟——"

是的,我的女儿是有些聪明的,但我觉得这小家伙太骄傲,有些"不可教"的味道。譬如,你说,我教你画画吧,她把笔一夺,我教你吧,我教你吧;你说,我教你弹琴吧,她把你一挤,我教你吧,我教你吧……我常想,我和妻历来是比较谦虚的,谦谦恭恭做人,谨谨慎慎做事,怎么就生出这么个骄傲的公主?不过,这家伙也有出洋相的时候呢。有天早晨,我挺有兴致地唱着:"太阳出来照四方……"我并没有教她,她却也跟着唱起来。我说:"不对不对,你那唱,早走调了。你听,是这样:太阳——出——来——"我还没教完一句,她就说:"等我长大了成了男的,不就能那样唱了嘛!"这家伙!她以为我嫌她嗓音细嫩呢,她居然以为人长大就能长成男的了。真想不出那小脑瓜子里有些什么古怪的念头。

还有一次,我给她讲十二属相的问题,我说:"属鼠的比你大两岁,属牛的比你大一岁,属虎的同你一般大,属兔的比你小一岁……"说到这儿,她问:"那姥姥还比我小一岁吗?姥姥是属兔的。"接着,不待我回答,她就调皮地叫着:"噢噢,姥姥是属兔的,姥姥还比我小一岁呢!噢噢,姥姥是属兔的,姥姥还比我小一岁呢!"逗得全家人大乐。

女儿是家中的太阳,我对这小家伙是太喜欢了。但这家伙总明目张胆地说:"妈妈骂我吧,我可喜欢妈妈,你不骂我,可我不喜欢你。"气得我经常要狠狠地撩逗她,于是也免不了遭些"罪有应得"的惩罚。那次,我用胡子扎这小太阳时,被太阳飞快地抓了一把,脸上印下一道亮亮的血痕。后来带着那血印子出去混事,走到哪里,被人注意到哪里,而且没有一个不戏谑地跟妻子联系到一起。我回来把这说给妻子,妻悄悄说:"真的,我当时看着就可生她的气呢。"没想,我当即就把妻说的话给"挑拨离间"过去,小太阳不让了,她把眉眼一沉,叫着:"把我送到姥姥家去,把我送到姥姥家去。我一会儿打电话给姥爷,叫姥爷接走我再也不回来了!"妻说:"好好好!我现在就打电话给姥爷把你接走!"谁知这下更惹祸了,小家伙哇的一声哭出来:"我就知道你们不亲我的,我说去姥姥家你就真让我去哪！嗯嗯嗯嗯……"我和妻一听，笑了，这家伙，还耍花招呢？便赶紧哄。刚哄住，小家伙说话了："哼！我就知道，没有我，你们两个可穷呢！"啧啧！她居然把不知多会儿学到的一个"穷"字用在了这儿，还真是个绝妙的用法呢。

我不知道女儿是怎么看着这个世界，怎么想着这个世界的，她竟能没有训练没有斟酌地信口讲出令人意想不到而感到别有意味的言语。我想这是不是源于她的天真、童稚和不谙世事？在她，一切都刚刚发现和尝试。而这发现和尝试，本身就是一种白纸上的创造，她可以尽情地按照自己的想象和理解组合这个世界，而不是迎合着这个世界去规范她的想象。所以她有了那么多令惯于陈俗者惊异的言语。我还想，人类之初对语言的发现与创造，那每一句，应该都是相当令人激动与兴奋的吧。但当我们惯熟于某种程式顾虑于某种考究之后，成熟的东西，是不是常常增长着某种老到的沉重呢？

我的小家伙说出那么令人捧腹的言语和充满自然乐趣的想象，使我感到真有必要学学这孩儿的轻松与怡然。就如一句"姥姥比我小一岁"的思维和语言，乐遍了全部家人，使我感到真有必要写写这小家伙的所言所语了。但当我挺得意地把"小赖趣语"的题目写得大大地读给她听并开始叫她"小赖"时，我希望她能反过来回敬我"大赖"或者什么以取乐，却没想到，小家伙把嘴一努，踏踏踏踏哭诉着跑去："妈妈，妈妈，爸爸骂我小赖呢！我不叫小赖嘛！"

听到这话，我心里咯噔一下，想，不好呀！这小家伙，懂事了！

1990年12月12日于太原青年路岳母家

看着你自立

小博，这是我在你走进大学之后写给你的第一封信，也是在你成长了十八岁之后写给你的第一封信。现在，我和你妈看着眼前许许多多或微笑或严肃或羞涩的你，我们便禁不住喜形于色："这家伙，离开我们，玩得还挺开心呢！"而且，我们从你的眸子里看到了清澈透明的天空、湛蓝碧亮的海和光芒四射的坚毅的自信。这令你妈大受感染地说："这家伙，能够独立生活了吧？"我毫不犹豫地给予肯定："这家伙，是能够独立生活了！"

应该说，现代青年，进入大学，无疑是走向独立生活甚至自立的第一步。实际上，许多青年，这一步，迈得还要早。你的一些同学从乡村考入省城读高中，实际已经开始了独立生活的里程。你虽从小在父母的守望与守护中生活，没有长久地离开过家，但在中学时代，也曾有过实实在在的独立生活的锻炼。在华北工学院的夏令中华营，在驻晋部队的军事训练，在灵石农村的社会调查，你经历了集体住宿、食堂伙食、军营操练和山村生活之后，你经历了冷雨热泪、血汗伤痛、困顿劳累和蚊虫叮咬之后，你经历了困难体验、意志磨砺、情操锻炼和精神陶冶之后，毕竟有了属于自己的东西。正是由于这些经历，你在进入大学之后，就像你发短信告诉我们的，军训中，有同学被太阳晒倒了,你没有;有同学嫌累请假了,你没有;甚至连教官也病倒了,你没有。知道这是什么吗?这是力量啊,是你走向独立生活和实现人的自立的资本。

我以为,人的自立,应该是人自立于这个世界的一种能力和状态。一个自立于世的人,应该有自己的生活、自己的主张、自己的意志、自己的思想和自己的事业,以及落实和实现这一切的行动。我觉得,自立就像一座"金字塔",它可以由三个层次构成:基础性自立、进取性自立、事业性自立。当然,这不是学理意义上的划分和界定,我只是想和你在这三个层次上交谈,所以我想出了这个"自立金字塔"。

这座"自立金字塔",基础性自立是塔基,进取性自立是塔身,事业性自立是塔顶。基础性自立,就是我们常说的"生活自理"或"独立生活"的状态。一般情况下,一个人离开别人的抚养服侍就不能够独立,一个人连自己的衣食住行都不能够自理,是难于自立于世的。这是一个人立世生存的基础。进取性自立,就是我们常说的"人生进取"和"理想追求"的境界。人生如果没有高拔的精神奋进,就不可能超越现实,如果没有炽热的理想追求,就不可能进入一种境界,立世生存也就达不到一个高度。这是一个人立世发展的支撑。事业性自立,就是我们常说的"事业拼搏"和"人生辉煌"的境界。一个人或一个群体,只有获得事业的成功,才算是真正达到功成名就之人生辉煌。这应是一个人行世做人的极致。

当然,这三个层次的自立状态和境界,并非层级严格地割裂着、分置着,而是相互贯连相互渗透着。应该说,人生在基础性自立阶段就播下了进取性自立和事业性自立阶段的种子，而在进取性自立和事业性自立阶段，又充满了来自基础性自立阶段的养分。一个人在一生究竟能达到哪重境界的自立，关键在于自己的追求与创造。

小博，以我的分析，你现在已经达到了基础性自立状态，你进一步要做的，就是向进取性自立境界的挺进，也就是，为事业性自立境界的实现蕴蓄和积累饱满充沛的能量。不知你注意到没有，我讲基础性自立用的是"状态"，而讲进取性自立和事业性自立用的是"境界"。这是因为，前者往往是客观地本能地积极地对一种境界的创造。所以我想，你在攀越进取性自立境界时，你应该记住：生活上的进取，要显示你坚定乐观的主见；学业上的进取，要体现你博学钻研的主动；政治上的进取，要凸现你热情勇敢的主攻；社会活动的进取，要表现你独立创新的主张。你要相信，一个优秀的人，只要你努力了，付出了，拼搏了，奋斗了，你所追求的理想事业的辉煌，一定会捧在你的手中。那时候，你就是站在人生金字塔之巅的VICKY！

如果还能多拍些照片的话，让我们想看你时就有许许多多的你站在我们面前，或笑，或傻，或调皮……但有一点，必自信。

2004年10月25日于太原小东门家里

明天好梦

亲爱的小博，你好！这么晚的时候给你写信，一半是因为事情多而没有时间，一半是因为不想让时间太快地过去。也许我们是想把时间停留在今天这个日子。为了这个日子，我和你妈妈已经惦念了好久，虽然没有蛋糕没有美酒没有你在身边，但我们在心里把今天看得比所有的日子更隆重。你妈妈把你生日的拉面拉得长长的，就像那遥远的思念；我和你妈妈把水杯举得高高的，就像那崇高的祝福。就像以往为你庆祝你已经有过的一个一个的生日，我们同样热烈地为你庆祝你的十九岁的生日。我们整日沉浸在这样的心的仪式之中，我们想为你也为我们留住这个不想让它过去的日子。

按着我们的想法，这个日子只有祝福，而不会有什么与以往不同，然而，被我们像以往一样祝福的你给了我们未曾有过的感伤与欣慰。你发来短信说："亲爱的妈咪，你不想长大的女儿又长一岁了。第一次远离你们过生日，自由中略带遗憾，想吃妈咪的拉面，今天你们要替我多吃点。十九年前的今天，妈咪痛并快乐着生下了我，要特别特别感谢妈妈把我带到这个有着烦恼快乐忧伤幸福的世界，让我经历生命的艰难和美好。我会好好用你们带给我的天赋和灵气，做一个超越自己的人，拥有一个完美的人生！"

按着以往的做法,这个日子只会有庆贺,然而,你给了我们别样的惊奇与感动。你发来短信说:"亲爱的老爸,我以一个成年人的身份郑重向你问好!握手!今天是我成年一周年纪念日,早晨我们升国旗,我在冉冉升起的国旗下许了一个愿望。我是一个逐渐成熟起来的理智的青年人了,我的思想和行为也许还有些幼稚,不过你们不要过多忧心,我会照顾好自己的,我会做一个有责任感的社会人。今天你们亲一口家里的小虎吧,祝她生日快乐啊!"

你给我们的感伤与欣慰、惊奇与感动,使我们猛然觉得"小虎"大了。我们想到了你的十九岁的生日,却始终没有想到这是你十八岁成年的一周年纪念;我们想到了你曾经在生日蜡烛下许愿的样子,却始终没有想到你在与朝阳一起上升的国旗下的许愿;我们想到了你日渐长大的历程,却始终没有想到你已经意识到你是一个有责任感的社会青年;我们想到祝福你有一个幸福的未来,却始终没有想到你会说得这样理智:超越自己并拥有一个完美的人生。我们终于看到的是一个懂得回馈母爱,反哺社会,承担人生,感情和思想都在渐渐长大了的小博。

这也许是你的感情和思想大海的点滴反射,也许是你的思想和感情之叶的初步长成,不论如何,你在你的这个生日里给予我们的是一个全新的自己。我们看到,在那个高数与物理、工图与英语、线代与C语言交错的工科大学里,成长起来的是一个人文理想走向崇高、人格精神渐至健全、人类情怀趋于博大的现代青年。这样的青年,我想,有些像你们学校的航天发射模型式的主体建筑,其指向永远是向上的,其形象永远是昂扬的，其气势，永远是磅礴于世而又磅礴向未来的。

　　实际上，令我们惊异的不仅于此。就在我们为你祝福生日的时候，我发现，这个日子竟与一个世界伟人连在一起。半个世纪前的今天，爱因斯坦走完了他伟大的一生，把智慧留给了世界。我也依稀记得，你读《爱因斯坦传》的时候，好像曾经很自豪地说过这件事情。今年是爱因斯坦创立他的"相对论"学说的一百周年，全世界都在为这个世界伟人发表纪念报道。《中国青年报》发表《不允许自己沉默》的文章讲，爱因斯坦自己曾困惑："为什么谁都不了解我，又人人都喜欢我？"一位中国伟人读爱因斯坦后回答了这个问题："很多内容我没看懂，但看懂的那些对我启发很大。"很多人也困惑："为什么爱因斯坦能够发现相对论？"文章并不赞同人们将其归因于"爱因斯坦是一个天才"，而更愿意将"相对论"的发现归结为"作为一个人的爱因斯坦"，而非"作为一个科学家的爱因斯坦"。爱因斯坦是一个虔诚的世界主义者，一个积极的和平主义者，一个热忱的民族主义者和一个诚挚的社会主义者。他是一个怀疑一切权威的人，一个始终独立思考的人，一个追求真善美的人和一个具有伟大人格魅力的人。也许，这是纪念"相对论"发现一百周年的时候，人类对爱因斯坦的重新发现。这个发现，会使人类走出纯粹科学主义的泥潭，这对于人类，将具有更重要的启迪价值。

　　亲爱的小博，伟人身上其实有许多东西是并不神秘的，也是我们每一个人可以汲取的。每个人能不能成为伟大的人，我们可以先不去讨论，但我们必须有一种伟大的精神和伟大的人格。这是决定每个人人生道路卑微与崇高、平庸与伟大、暗淡与辉煌的首要前提。当然，作为前提，并不是说先具备了这些，然后才能有所结果，而是在成长中历练与造就自己的人格精神。这种历练与造就，也许就是你所说的"经历生命的艰难和美好"。你已经看到了生命以及人生的两个侧面，伟大的人格精神正是在克服艰难战胜艰难与追求美好并获得美好之中塑造的，它其实与事业的成就互为动力并相伴始终。所以，作为前提，是不是可以这样理解，我们应该把对于人格精神的追求放在人生事业的首要位置，而不是机械地区分孰先孰后。我们感觉你的青春中正积累着壮大着这种人格精神的力量，这是你在你的成人一周年给予我们的最大的欣慰！

夜已经很深，我和你妈妈在电脑上给你写信。抬头一看，时针已指向零点，这其实已经是又一个凌晨了。我们意识到，作为你的生日的"今天"已经过去。有些遗憾。时间就这么快，虽然是一秒一秒地滴答，竟也还是太快地过去了。许多事情就这么无情，想留也留不住啊！"今天"是美好的，不过，明天其实更美好。人生其实是在真正地追求着明天，生活在明天的。虽然我们经常回忆昨天，品味今天，但实际上我们的一切，在主观上是为了明天，在客观上是必然走向明天的。我想，这个时候，小博也许正在做着一个梦，做着一个关于明天的梦。亲爱的孩子，等你醒来，迎接你的正是朝气蓬勃的太阳和充满阳光的明天。而你在这样的日子里正朝气蓬勃地美丽着，握在手中的，将是属于你自己的灿烂辉煌的明天。

祝福你好梦成真！

2005年4月18日深夜于太原小东门家里

你给我感动

　　小博你好！那天从南京飞往武汉，其实我心里也一直在想你，之所以到了机场给你发短信，下了飞机给你发短信，到了华中科大也给你发短信，就是因为心里老在想你，却希望你不要因想我而难受。

　　没想，就因为这个想，因为这个思念，我的这个南京之行，还催生了你的一篇散文。你可是好久好久没有写散文了啊！所以当你告诉我，你把和我的离别之情和对我的思念之情写成一篇散文的时候，我心里是真高兴啊！没有看到你文章的时候，我就想肯定是一篇情感动人的好散文，因为我知道，你的文笔从来是出手不凡的。只是，我在华中科大专门上网查阅却没有查到，回到家里，第一件事就是上网看你的散文，一看，果然不出我料。简直是一篇美文！一边看着，一边就涌起了眼泪，你写得太感人了。

　　当时看着你的散文，就有三点感受——

　　第一，你的文学感觉非常好。你对亲情的感觉，以一种非常细腻而独到的对环境、对情景、对细节的体察表现出来，具有非常动人的感染力，能把亲情非常生动地传达给读者，而让读者有一种从来没有体验到的感觉，就如我作为被你写的散文中人，却体会到了一种未曾有过的感动，这就是你出手不凡的地方。写文章，文学感觉是非常重要的，那种独特的能够引起共鸣而又是别人写不出的情绪和情感，才能成就真正的文学。

第二，你的表现手法很自如。你的这个散文的自如，不仅仅只是自然而如实地纪写，而且是用一种非常自觉的意识的流动来贯穿和结构文章，在已经发生的情景和现场进行的情景之间，你用一种意识的流动和跳跃把你要表现的东西联结起来，使那些情景碎片和回想碎片在意识的弥漫中组合成一个具有生动细节、深沉感情和独到思想的灵肉整体。我不知道你读没读过所谓的"意识流"作品，起码你没有学过这种"意识流"写法，但你却写出了这样的作品，我以为这就是创作，你的文学的创作。

第三，你的语言表述非常好。就细部的语言表述，你的词汇和句子的艺术感觉是好的。你写"校园小径亮起幽黄的路灯，发出黏稠的光晕，像昔日的剪影，像昔日的回放"。"黏稠"这个描述真有感觉而且感觉独到。你写"有些事情过后是无法弥补的，就像我说过的无理取闹的话，爸爸不会计较，却会伤心"。"不会计较却会伤心"这个表述非常准确而且深刻。就整体而言，你的描写和叙述语言也是独到的。你写爸爸不再年轻的那种排比式的表述，一气呵成回肠荡气，写出了那种对于年轻不再的无奈的悲伤，真是催人泪下。可以说我是写不出来的，写不出来，不是无情，而是没有这样的敏锐而独特的表现力。

我当时看了就把你的散文发给了哲夫，请他读一读，也是想听听他对你散文的感受。第二天，家荣请我和忠烈、哲夫吃饭，哲夫和他爱人都说，你的文章比你妈写得好，你妈的文章比我写得好，你的文章比我写得更好，说读了你的文章都掉泪了。昨天,景龙请我和哲夫吃饭,回家时在车上哲夫告我:"李博的文章发在《都市文学》第12期,就是这一期。"我说:"给了她一个鼓励?"哲夫说:"不是鼓励,是李博的文章本身写得非常好。"他说:"李博文学感觉非常好,有文学的天赋。体现在文章里,一是描写细腻准确而感受独到,二是文章写得很有感情。文学就是感情的文学。"我说:"你的评价高了。"他说:"不,我简直是惊奇。我没有想到李博写得这么好。"哲夫给我分析说:"你读了李博的文章感动,是因为你和李博是父女,你觉得她写出了让你感动的东西。而我看了以后感动,是因为李博的文章具有了文学的感染,我是感受到了文章蕴涵的更多的东西。我妻子看了李博的文章而掉泪,是她受到了文章创造的情景的感动,她是从更广的阅读角度感受到了李博文章内涵的感染力。"

哲夫从三重阅读角度分析得出的感受,证明了你的文章写得的确很好。哲夫说,你真该学文学,不学文学真是一种损失。但我说,搞科学同样可以成就文学,既是科学家,又是文学家,这在科学史和文学史上都是有的,实际并不矛盾。现在看来,说你的散文好,不是爸爸的偏爱,也不是哲夫的恭维——按哲夫的性格他是不会恭维人的——是你的文章真好。爸爸一趟南京的顺便看你,便成就了你的一篇美文,这不仅是不虚此行,而是此行大有收获。这收获也不只是你的散文,而是再一次看到并证明了你的才华、你的天赋和你的极大的潜力。你的未来空间,像天空一样的广阔。

不过我还要说的是,虽然我的一时疲惫引发了你的爱心感受和文学表达，表现了你对我的年轻不再的感伤，显示了你的文学天赋。但就被你叙写的我的当时的细节而言，其实仅仅是我在开会途中疲劳积累的偶尔显露，是"这一刻的这一个爸爸"，而不是日常真实的爸爸。日常的爸爸仍然是充满理想，充满热情，雄心勃勃的爸爸；仍然是步伐矫健，笔直挺挺，精力旺盛的爸爸；仍然是感觉年轻，青春仍然，精神饱满的迎接新时代时意气风发的爸爸。我告诉你这些，不是夸张，也不是回避，而是我的实在情况如此。所以，你在爸爸偶尔疲惫的时候，捕捉并定格了那个疲惫的瞬间，但那不是永远的爸爸，你不必把当时的感受和你文学中的塑造看成我长久的真实而动情忧心。我和你妈妈，事实上真的还很年轻还很有朝气。所以，我们为你的散文准确真实地摹写了一种瞬间的父亲形象而高兴，却也担忧你以此为并不存在的你挚爱的父母的这种情形而劳形伤神。你不要把这样的感受长时间地带到你的学习、生活和行动之中，以免影响你的成长和正常的学业。这是我必须向你说明的。我不是为了怕你担忧而故意又说出一个爸爸的样子，其实这才是一个更多地表现在常态下的你的真实的爸爸。

当然，在你们这一代眼中，我们也许是老了，这个问题，一方面说明你们确实年轻，一方面也说明我们确实老了。人的慢慢老去，这是一个过程。在这个过程中，要紧的是抓住年轻，快做学业，多做学业；快干事情，多干事情；快出成果，多出成果。正是由于人生易老，所以才要只争朝夕。说实际，爸爸不论在这之前还是现在，都是在这种感觉中拼着呢，即使以后，爸爸也是这样。也许有一天你感受到爸爸这个仍然年轻的形象的时候，你又会写出一个不同于前的爸爸。事实上，就在你写出《父爱温存》这个散文的时候，爸爸也在华中科技大学写出了一篇《醉雨听桐》的散文。发给你一读，也许你能感觉出爸爸依然年轻而纯真的心和热血燃烧的灵魂。

小博，你是一个想干什么事情都能够干成的人。祝你学业有成，并且创作丰收。

2005 年 11 月 21 日于太原小东门家里

第二辑　感恩父母

尽管隔着漫漫时间,尽管隔着厚厚黄土,尽管隔着茫茫生死,尽管逝者已难以感受,然而这怀念是永远也隔不断的。

父亲的书

要说素淡,它是太素淡了。白的封面,白的封底,就那么洁白洁白中生着三茎两茎绿绿的枝和直直的竹节,洁白洁白中嵌着四个黑俊的字体:真话直说。

这就是父亲的书。这就是父亲李土的杂文集。但这书的扉页却通红通红,从纸间往外溢着红气,就像质朴的外表包裹着一颗热蹦蹦赤诚的心。

我不知道设计者当初是怎么考虑这个封面的,记得胡君若佳接手这个设计的时候说:"人家是假话还得曲说呢,他这里却真话直说!"他说时世故地笑了笑,但后来还是设计了这个封扉。父亲说,不少人看了,都说这个封面不错,尤其扉页,更好,并问我:你看呢?

父亲说这话的时候自然不知道我心里的想法。而我感觉,父亲这书的形象,其实更有些就是父亲人的形象呢。它静静摊于桌面,我想起父亲默默笔耕的情形;它哗哗纷展着书页,我似乎听到父亲生命中抖落的声响……文如其人,书如其人,这意思居然让我从书的形式上也能感觉出来,大概其正缘于父亲的人品文品在我印象中刻得太深太深了罢。

我是在多少年前突然做醒了儿童梦的时候,明晰地记住了父亲俯首作文的形象。那是个静极幽极的深夜,我于混沌中一觉醒来，却见父亲仍在砖炕边守着油灯，沙沙沙地写着什么。身下坐只板凳，唯肩与头被浑黄的灯光照着。写什么呢？我不懂。却从此常见了父亲伏炕而直挺的姿势。而在此之前，这一切对于我似乎全是空白。后来，家里添了两张木床，父亲伏炕写作的姿势便转移到床边。虽然仍是一只板凳，肩与背却依旧挺直着。好在两条腿可以置入床下，或伸或曲，开合自由，看起来便舒服了许多。但毕竟不是桌子。会木匠的舅舅看了，便说，我给你做只炕桌吧，便几十里外打一方小小的木桌背来，置上了父亲的炕角。从此，父亲或读书或写字，盘腿伏案，正襟而坐，背是更加直直的了。再往后，由于搬家，我们有了两间屋子，父亲便筹划着买了木材，画了图纸，请河北的木匠打了三抽屉一头沉的写字台，用淡红的墨水刷出，又盖上层清漆，配一只圆圆的木凳，正式给自己安排了个像样的写字地方。然后，就那么笔直地挺着脊背，写作。这之后，我们又搬过两次家，但父亲于他的写字的地方，搬到哪里都没有改变端直的姿势。所以在我记忆里，伏炕伏床或者伏案写作的父亲，从来就没有过弯曲的形象。

那时候，父亲写些什么，我们不大清楚，其实也无意于清楚。只是有时在饭桌上，吃着吃着饭他会忿然大骂。骂时，家人冷得一惊，先都不知所以，继而听出他说的另外一码事，便也为之忿忿。譬如，父亲在的那个县，春种在即，农民急需良种入田化肥下地，有的乡官却四处奔波，忙于攀龙附凤请赏要官。结果，农家急需的良种化肥调剂不到，春种大事近乎泡汤。父亲气愤了，便痛骂："吃农民粮食，拿国家薪水，无功索禄，腐败透顶啊！"譬如，从报上读到百余国人围观流氓杀害飞行英雄却无人挺身而出的新闻，父亲便又气愤，又痛呼："中国这柱脊梁内如果不能尽快清除腐败的细胞，中国大地的肌体上焉能禁绝麻木奇观？得严治脊梁麻木症啊！"……每当父亲这样激愤怒骂的时候，不用问，他总会就此作文。而恰恰过不多久，你就会看到，他把这种激愤与愤怒移植在了报纸。或者，你从报纸上看到这样的文章时，你未曾见他，也能想象出他曾有的愤怒之态。

父亲是农民的儿子，他从爷爷的土地上走出之后，读了高小，当了教员，作了干部，搞了新闻，成了我们家第一个文人，却始终没有变了农民的耿直与率真，始终直面人生，笔指现实。因写批评报道走上了新闻路，打官司打到了报纸上而一举成为小城的"笔杆子"，又因一篇散文名震报界被调往省报却终因远离现实而又归去，而后成为小城的第一把"硬笔"。小城有人玩忽职守玩了别人的性命，人们说，找李土；小城有官为非作歹欺压百姓，人们说，找李土……于是，父亲的作文便常常作成了讼文或曰状纸，以至于及近告别新闻界的离休之年，还因了笔墨官司而震动报界。

事情大约如此：父亲所在之县，办育人之事缺钱，搞育林之业欠款，却居然超财政增收而购买小车，且禁而不止，增而不减。父亲执新闻之笔，忧患之心不眠，遂予直言披露。不想被披露者中，竟有人招摇怡然地坐了这公款购置的小车，去卡父亲的文稿。第一卡，说文章数字不实；第二卡，说举报事实不准；第三卡，说作者不懂政策。毕竟是行政威力，文章终未发出。然而"祸事"已经闯下,母亲便很是担心地喃喃:"你太傻啊!而今谁愿意得罪领导?谁不是尽拣好听的给领导说?"谁知,父亲反从母亲的担忧中得到启示,怒心大醒,秉笔直书:"批评报道难,难过领导关。"一语中的,再投省报。而且,省报居然发表,并从此发起建报以来时间最长的新闻论争,沸沸扬扬,将近仨月。其间,讲父亲不识时务者有之,劝父亲识相一些者有之,但毕竟拔笔相劝者众,竟相互喊着:"李土你大胆往前走。"其间,上下他报也刊文呼应:"假如每个部门都有李土……"事后,有人纷纷到家中拜访,问父亲何以宁折不弯,母亲就嗔怪:"那人就不怕穿小鞋。"父亲也幽默了,说:"小鞋,踩倒后跟就穿上了。穿了又何妨?"并说他年轻时都绕过两次死难了,还有啥怕的。第一次,战时征兵,他被征去了,带兵的说,这么小的个子,枪都扛不动,能打仗?便把他拉下了。而据说,那次同去的,一个也没生还。第二次,他在河北做小工,一颗炸弹落在丁棚外,等他爬起来,身边炸了个大黑坑。他说,民不畏死,奈何以死惧之?何况,还并未到那一步。

那场笔墨官司之后,父亲成为全省优秀新闻工作者,省高评委又破例给予他新闻系列副高职称。他却无意于荣誉,而是把颁发的证书悄悄放起,照旧伏案做他的文章。

以后,我就更多地读到了父亲的杂文。每读一篇,我就看到父亲挺直于书桌或笑或怒或骂的形态。

以后,就看到父亲的杂文选本《真话直说》。捧着素书,我却觉得那是沉甸甸响当当的生命的集结。

就像这书的责任编辑王宇珍女士所言:"这文章不是笔墨

写成,而是用灵魂。初一读时,就已被感染。"而一家报纸也评论说:"李土作文。字里行间充斥一种刚正之气,一种饱含着忧国忧民大爱之心的正义之感。谈史,谏政赤诚跃然纸上;议政,为民之衷沥于墨间;论世,愤世嫉俗溢于言表;评事,皆切国情世情民众所思。"

我想,是这样的。父亲一生坦然磊落,耿介不阿,不就于官道上的喊喊切切,不屑于世俗之人的尔虞我诈,却成就了一个正直清白的文人。只是我早年离家,难得与父常见,便少了许多教益,生了许多思念,常常有些怅然。如今,父亲的书在了身边,父亲的心血之著精神之集在了心上,于我的长长思念,便有了深深的慰藉,于我的踽踽前行,便有了重重的激励。我感觉到,我行,书与我同行;我往,书与我同往。父亲的书,是朝我的血液,我的意志,我的灵魂,渗透而来了!我当铭记。

1992年12月19日于太原上官巷家里

父亲的杂文

父亲在我们那个小城的机关里待了大半生，但严格地说，父亲是一个文人。这不只是父亲写了一辈子新闻，是一名资深记者，也不是因为父亲还写了大量的散文，是一位散文作家。实在是因为父亲具有一种本质上的坦荡与耿直——一种真正的文人品格。

父亲为文，主张有情而发，有气而作，有怒而书，有恨而击。而这个"文"，准确地说，是指父亲的杂文。父亲的杂文集《真话直说》集中体现了这个主张，也更准确地概括了父亲的人品和文品。

《真话直说》分"政史纵谈""世态漫话""人生哲言""生活杂议"和"艺文短语"五辑，百篇杂文言论，大写了一个"真"字，可以说，是父亲的率直迂执之作。

父亲作文，字里行间充斥一种刚正之气，一种饱含着忧国忧民大爱之心的正义之感。谈史，谏政赤诚跃然纸上；议政，为民之衷沥于墨间；论世，愤世嫉俗之心溢于言表，却无个人小我的喊喊感叹；评事，爱憎鲜明，鞭辟入里，皆切国情世情民众所思。正由于这种正义之爱，其杂文在嬉笑怒骂中表现了相辅相成的两种指向。

其一是疾恶如仇的批判指向。对社会流弊的针砭，对丑恶人事的抨击,对腐败风气的鞭挞,对历史积习的解剖,都体现着这种批判性。他敢于把现实存在的阴暗面剥露给人看,又能把隐藏的历史和现实表象后面的实质挖掘给人瞧。透过古今传颂的"包青天"现象,批判现实存在的腐败风气;透过卷土重来的"三仙姑"现象,批判金钱崇拜的现代迷信;透过攀龙附凤的"要官"现象,批判以权谋私的贪腐行为;透过无是无非的"围观"现象,批判令人哀痛的精神麻木。他深刻地揭示:国人至今患有严重的"脊梁麻木症",并呼吁严治。他说,中国这柱"脊梁"内如果不能尽快清除腐败的"细胞",中国大地的"肌体"上焉能禁绝麻木?这是非常深刻而具有震响力的感叹。

其二是满腔热情的建设性指向。如果单讲父亲杂文的批判性,无疑有些偏颇。事实上,其建设性指向是相当明显的。他总是以率直的笔触批判社会假丑恶的同时,热情地倡导和讴歌世间的真善美。可以说,其杂文更多更集中地显示了作者求"真"的精神。或行政建议,或世风倡导,或人生进言,或生活劝导,或作文体会,他都在一种大写的"真"字下,把世界最优秀的东西推荐到读者面前,让你去理解,让你去感悟,让你去实践。他把人类优秀品格的建树作为新时代杂文的一种追求体现在了自己的杂文中,让你看到阴暗的同时更看到日月晴天,看到痼疾的同时更看到根除痼疾的希望,看到这个世界毕竟会越来越美好。正像他的一个题目所说:"莫把支流当主流",从本质上反映出作者追求真理的精神与信心。

因为崇尚真实,所以其杂文在写作上有四个明显的特点:

行文朴实自然，不求浮华。父亲杂文大多发表于报纸副刊和言论专栏，带着明显的新闻特点，所以他的文章不追求文辞的浮华和深奥，而是朴实自然，平直写出，娓娓道来，通俗精炼。就像他自己所讲：最忌套话官话，最忌兜圈子，最忌语气罗嗦。父亲的语言是自己的语言，也是大众的语言。

论理据事典型，不尚空谈。父亲杂文或单独议事，或普泛论理，针对性十分强。其锋芒所至，中的有力，皆赖于议事论理所依据的事实典型有力。而且他往往事中有理，理中有事，浑然一体，讲事理的过程也就是整个文章的论述过程。他依据的事实本身具有典型性，加之有时进行事实的类比，就更丰富了文章的说服力，从而使文章推出合乎逻辑的辩证的结论。《四十五公里走了一百零二天》，通过某地清明时节发出关于粮食丰产竞赛的文件而将近立秋才到达乡村的典型事实，有力地批评了官僚主义之害。《跟着感觉走向何方》则通篇类比，论理平易而精妙："夏日雷雨天气，当你听打雷震耳之际，闪电已经烧过几秒以至几十秒，如果你单凭感觉来躲雷电的话，在你来不及感觉之时就已化成了灰烬；一氧化碳是无色无味的有毒气体，所以人们完全靠自己的嗅觉、味觉、视觉而行动，常常许多人走向了冥国……谁能完全跟着自己的感觉走？"

拟题言警语精，不落平淡。父亲在《评论宜"警"避"平"》中说："报纸评论，有的是警戒作用，不是四平八稳地安排工作。写作不仅语言要警，举例要警，题目也要警。"他的后期杂文正实现着这个意图。尤其是文章的题目，警示意蕴特别明显。如《清浊"七品"最关键》《管好自己说他人》《莫让"酒困"

败党风》《作假最终被假误》《成于认真毁于嬉》《攀比过错蚀灵魂》等等，看似平常，实不平常，题目本身就是警句。

成篇短小精悍，不冗不蔓。父亲集在《真话直说》中的文章，短者，不足三百字，长者，不过一千五百字，可谓有话则长无话则短。他在《在短字上下功夫》一文中说："我以为，诚是文章写短的一个核心问题。只有真诚才能不虚夸，不说大话空话。直面人生的真话是简捷明快的。"这话道出了作文的真意，也道出了文章之所以能短的真谛。

父亲是生活中的"直人"，文如其人，读文如读人，这在父亲，实在是再恰合不过了。他做事不会绕任何弯子，作文就更不会绕弯子。唯其如此，才有了他的《真话直说》，也才成就了他的正直人生。在我们生存的现实社会，杂文能不能改变社会，不好说，但社会没有使一个正直的人弯曲下来，这也许就是父亲的意义。

1998 年 7 月 25 日于太原小东门家里

旅途致母亲

妈妈，我离你是越来越远了。当列车扑进晋中平原的时候，我好像还看见，你仍站在山城的月台上，久久地望着我……

"不能多住几天么？平儿，和妈妈在一起的时间总是这么短。"我的假期住满时，你缱绻地挽留我，可我……呵，妈妈，我们在一起的日子，确实太短了。

听说，在我还是婴孩的时候，你很早就没了奶，便送我到乡下姥姥家，靠泡馍喂养我。我的幼年，认识"妈妈"这个概念，是十分奇特的：那年的春节，姥姥家来了个女的，瘦弱、苍白。人们说，这就是我妈妈。可我带着羞怯与喜悦，刚刚认识了你，你却在第四天，冒着大雪离开了我，走得急匆匆的，像是在跑。姥姥说，你忙。这可能是我第一次记事吧，我记住了：我的妈妈是很忙的，而"忙"在我的童心里，又总是在跑着干什么。长大点了，我和妹妹换"岗"进了城，才知道，妈妈是老师。我看见，妈妈有那么多的孩子，天天围在身旁，怪不得不想我呢。

记得有一次，是个大雨的傍晚，因为进不了家门，我缩在屋檐下，等呀等，衣服都淋湿了，还等不回妈妈来。我忽然想到，跟妈妈同在城里了，却还不能在一起，我怨恨妈妈了。到天黑，你回来一下子抱住我，把我依偎在怀里，脸贴着我，我委屈得哭出来。你于是着急想抱起我，自己却"呀"地跌倒了。我看到你满身的水、两脚的泥,得知妈妈去送学生,跌了跤,扭了腰,摔裂了手表,我不再恨妈妈了。我知道,妈妈太辛苦。可到了我少年多梦的年华,幻想稠得像天上的星星,我反觉得,妈妈们太平庸。我想,你若把精力花在大事业上,肯定会了不起呢。我于是不太留恋和你在一起了,日日迷恋着歌谱和乐器,想当个演奏家。有一次,你发了薪,买来黏糕给我吃,我却硬要去看晚会,当时,你难过得流泪了。你说,我们从小没跟你在一起,孩子们不亲你。呵,妈妈,其实,我们是爱你的!为这,我后来插队前,曾提议从姥姥家接来了弟弟,留住了搞新闻的爸爸。你、妹妹、我,我们全家吃起了团圆饭。那次,大家总算在一起了,却预示着更长更久的分离。再后来,经过两年的农村生活,我在遥远的城市当了工人,身边有了难舍难离的工作,心里有了如火如荼的热情,周围有了粗犷真挚的人们,我更无暇回去了。但也正是在这时,我更加想念妈妈了。我感到了工作、集体对个人的魅力,我真正地理解了你呀,妈妈!

　　这次回家时,有人说:"别探什么亲了,上五台山,观光观光吧,和他们老头老娘婆婆妈妈的,有什么好谈的!"可是,妈妈,我们有!你谈你的孩子,爸爸谈他的新闻,妹妹弟弟谈他们的服务和经济,我谈我的工厂。我们的家庭,是不存在心灵的代沟的。是我们之间没有隔膜吗?或者,我们仅仅是一种久别重逢的融洽?不,妈妈,是你们兢兢业业,为我们架起信任的长桥,是你们勤恳半生,给儿女心底铺了感情的通道,告诉我们"人该怎么做,路该怎样行"。于是,当我生活中遇到挫折而悲观消沉时,我想到我的母亲仍然在负重前行,我就挺起了腰杆；我在工作中碰上不顺而心情颓丧时，我想到我的母亲依旧在勤恳耕耘，我就又鼓起了勇气。妈妈，我虽没吃足丰盈的奶汁，但并没有失去母爱。这种爱告诉我：服从社会需要而不计于私情时，隔膜总会消除的。于是，尽管相隔千里，尽管异地生活，尽管岗位不同，而我们总像是在一起的！

妈妈，我知道你不愿让我走，但你还是说："快去赶车吧，车不等人，人得赶车呢。"是呵，人得赶车呢。你和爸爸一生，我这刚起步的人生，不都像是赶车吗？我们赶的是时代的列车呀！在这同一列车上，我们，会越来越近，越来越近，永远这么近……

1986年10月1日于太原新建立斗室

跪祭母亲

我早就想写一篇文章给你,妈妈。我看到许多写母亲的文章,都写在了母亲去世之后,我就想,我写的这篇文章,一定要让母亲看到。可是我没有想到,我的这篇文章,还是写成了一篇祭文。

我现在跪在你的灵前,跪在你远去了的又萦罩于我的灵魂之下,祈求你的责备。然而,你怎么不责备我呢,妈妈?我最终拖延的不仅仅是写给你的文章,我拖延耽误的,是你的病,是你的治疗,是你的给了我四十年生命活力的生命。

我应该知道你是病重的。因为,你在久患高血压、心脏病、糖尿病之外,你说你还有了腹痛。你说你不能吃饭了。但我没有放在心上。我只是简简单单打个电话,或者匆匆忙忙回来问你一下,就过去了。我没有把你的病放在心上。每次,你都说好多了好多了,但是真好多了还是怕我着急,我并没有细想,也没有领你去医院检查诊断。我宁愿相信你是真的好多了,便就没有了别的想法。我也怕有别的想法。也许正是我良好的愿望,却把你害了。我只是盲目地相信,你还能活好多年好多年,结果,把你的病给耽搁了。

实际上,所谓良好的愿望,正掩盖了我对你的忽略。我那时只是想,等过一段时间,一定要专门领你去检查检查,可是过了一段又一段,我总是因事而拖延。直到家里打电话告我你病重,我才匆匆忙忙赶了回来。

我知道你从来是不愿因你的病耽误我的工作的。八年之前,你因高血压第一次发病,你不让告我,是过了好久,妹妹才写信告诉我的;之后,许多年来,你多次住院,却多次都是在出院好久我才知道。可我却并没从中记取什么。我总是轻易地相信你说的"我的病天天是个这"……这次,你是不能说话了,家里才急电我回来。当我于清晨六点赶回老家的时候,你已静静地躺在医院里。我看着你躺在急救的病床上喘着气直着眼睛毫无知觉的时候,我还是相信:妈妈你会醒过来的。我们,仍然是那个良好的却是盲目的愿望。

当时,你急促地呼吸着,弟弟说,比起刚才好多了。我说,会好的。我相信你一定会好起来。但是不久护士来量血压,先是120/60,再是100/50,接着,是80/40,再接着……我们已经顾不上看血压了,只看着你呼吸越来越困难,呼与吸的间隔也越来越大,而且,你痛苦地扭动着腹部——你完全是无知无觉的,但你却痛苦地扭动着腹部。而就在这样的痛苦中,你的眼角涌出了眼泪……妈妈,你无知无觉昏迷不醒,为什么流出了这么多的眼泪?你是不是听见了我们悲绝的哭喊声了?……妹妹哭着,为你擦去了流出的眼泪,我绝望地为你擦拭着你眼角的泪痕。妈妈,我们知道,你是多么不愿意离开我们呀!但你一定没有想过,正是你不愿意离开的我们,把你的病给耽搁了!

现在想起来,妈妈是早就病重了,可是我们统统不理解。你曾经说你浑身没有劲,我们却说你是缺乏锻炼;你说你睡不着觉总吃安眠药，我们说老年人本来睡眠就少；你说你自己不能去厕所了，我们却说你是不愿多动弹……妈妈，也许你是对我们失望了，你终于不再对我们说些什么。你不对我们说些什么时，却对来看你的老乡说："看来我是不行了。"而这话，是在你去世之后我们的老乡才说出来的。谁能想到啊妈妈，你早就觉得自己病重了，却就是不跟我们讲，以至于你的离去，一点也不给我们思想准备，让我们一句话也没来得及同你说。

妈妈，你给了我行进着的四十年的生命，我们生活在一起的时间却不超出十年。在我最深的对你的记忆中，你从来就怕耽误孩子们的病。记得我小时候患感冒，很轻的一点病，你却冒着大雪背我去看医生，路上滑倒了，你根本顾不上自己的疼。妹妹受伤住医院，你同爸爸去护理，路上，你跟不上爸爸的步子，只能用跑步来代替走。弟弟幼时动不动病，你总是天天担着心，有时急得心里慌，额头一阵阵出虚汗。就是在你的学校里，你的学生下了课，你也总是守在教室里，生怕孩子们出了什么事……你在这个世界上，惦记了这个又惦记那个，唯独从不惦记你自己。直到晚年你有病了，你仍然放不下你已经长大的孩子们，但你的孩子们呢？我们怎么就这样疏忽了你！

作为你的儿子，我很早就远远地离开了你，但无论离你多远，我其实是多么地想念你。居住在姥姥家的日子里，我多少次跑上土岭望着你。那时，我只知道你在城里教书，但我不知道城在哪里，所以我想只要站在那高高的黄土岭，我就一定能够望得到你。后来在爷爷家里的时候，对你的等候，变成了对于村边开过的一列列火车的等候，我总是希望那天天开过的火车,能把你的归来带给我……我的翘盼,就像多年以后漂泊在外的我回到家里,你总以等待已久的亲切看着我。然而,我的多少次归来,便有了你的多少次地送我离去。于今想起,那是怎样的感情缱绻的别离。起初,你送我到汽车站,直到你看不到汽车的时候,我也才看不到了你的身影;后来,你送我送到街口上,老是我走出老远老远,你还是站在那里招着手;再后来,你送我送到大门口,一直注目我拐了弯,我仍能听到隔墙传出的你的嘱咐声;再再后来,你只站在院子里的屋檐下,弓着背,弯着腰,苍老地看着我走出大门去……妈妈,等你盼你和被你等待和送别,这一直是我终生难忘的刻骨铭心的感情。我原想,等我再一次归来,我就把妈妈接到我寄居的城市,天天和妈妈在一起,再不让妈妈有送别我时难舍难分的牵挂。但我绝没想到,妈妈你会这么快地离我远去。就在你离我而去的时候,你默默无言地涌出的眼泪,是不是留给儿子的最后的牵挂?在我的生长了四十年的生命里,你留给我的总是慈祥安然的微笑,你始终坚韧而且忍辱负重地把一切都交给了微笑,你绝不会让儿子在你的眼泪中留下最后的痛……我知道,妈妈你是留恋你是不想走呵!你是真的不愿死神就这么把你夺走了!

妈妈,我现在跪在你的灵前为你守灵。此时,你面前点燃的香烛,红红的香火正慢慢地下燃,悠悠的青烟轻轻飘起;青灰一点点一点点地落下去,落下去,落下去,渐渐地,红红的香火,在不觉间便就燃尽了;然后,我们再续上一支香火,重新开始这香火陨落的过程……这时候,我只有悲怆只有懊悔只有苦痛。我深感,妈妈你就是这样为我们燃尽了,你就是这样把自己耗竭了。然而无奈的是,香火可以一支支燃起,你的生命,却再也不能够醒来……

看着你睡着了的依然从前的面庞,看着你那么安详那么慈爱静静如水的仪容,我想让我的灵魂随着青烟去贴近你的灵魂。我想说:妈妈安息。可是我不知道你是否真能够安息。因为,你的不孝之子留给你的遗憾,是永远地无法弥补了!你的儿子将揣着这份绵绵无绝的长憾,走完你赋予他的生命的岁月,然后,走向你即将走向的——那片等候在故乡的黄土……我想,你的儿子,我最终将成为你坟茔上不再漂泊的泥土。

1997年11月11日于平定
给母亲守灵的最后一夜

永远的怀念

父亲的这些文章,是心血和泪的凝结。父亲在母亲去世以后,有相当长的时间失眠,或者睡着睡着就哭醒了。醒了之后,是长时间的叹息,自言自语地说些什么,或在纸上写些什么。父亲的自言自语,其实是说给母亲的话语,而父亲写在纸上的文字,便成了这些泣血的文章。

父亲这些文章的发表,自然是他一贯发表文章的报纸和刊物,但最为典型的方式,却是焚于母亲的坟头——在年年清明节、七月节、十月节或母亲祭日的时候,我们做儿女的,带了花环,捧了祭品,拿上父亲的文章,回到四十里地之外的故乡的祖坟,跪在母亲的坟头,读给黄土之下睡着的母亲。然后,这文章便被点燃起来,化作一缕缕青烟,袅袅绕绕地,上升,上升,与母亲孤寂的灵魂,相会于冥冥之中——

父亲说:"想你啊,贤妻,你好吗?你怎么一句话也不说就逝去了?"

母亲无言。

父亲说:"我白天盼你回来,晚上盼你回来,可为什么就是见不到你啊!"

母亲还是无言。

父亲说:"我梦里梦见你,恍惚是看见你,贤妻啊,我们何时能团聚？"

母亲仍无言。

我们始终听不到母亲的话语了，但我们心想着：母亲，你该听到父亲的声音的；母亲，你该听到我们，以及想念你的人们的声音的。

事实上，母亲是什么也听不到了，永远听不到了。从她于茫茫黑夜中悄然逝去的那一刻起，她就听不到我们的恸哭，听不到了我们的悼念，听不到了我们爱她想她思她念她痛她悼她的呼唤。

那时，她长期工作的平定实验小学，在《平定报》上为她发了《讣告》。《讣告》沉重地说着——

> 平定县实验小学老教师马嫒芬同志，因病医治无效，于1997年11月6日逝世，享年66岁。
>
> 马嫒芬同志1932年农历九月十六日出生，1952年1月毕业于平定师范，曾在巨城、岩会、下盘石和实验小学任教，勤勤恳恳，兢兢业业，为我县教育事业贡献了毕生精力。
>
> 定于11月12日（农历十月十三日）上午举行遗体告别仪式，望生前友好届时前往。

于是，一座小城为悲讯震惊，知道母亲熟悉母亲敬佩母亲的人，都为她悲痛。

那时，母亲生活多年的小院，摆满了她的亲友、同事、学生和一切爱戴她的人们为她送的花圈，以至于院里摆不下，放到门外；门外放不下，挂到街巷……出殡的时候，炮仗连天，哀乐恸地，母亲所在的学校，为她在学校门前举行了隆重的"路祭"；当时母亲的灵柩缓缓地移过她熟悉的无数次走过的长街的时候，她居住的小城，突然间倾城降雨，为她哭泣……

那时，她经历了长长的颠簸回到了故乡，她的曾在一起的教师，她的教过的没有教过的学生和熟识的不熟识的乡亲，站在雨中等待她归来。乡亲们跪于泥泞的河滩，点燃长长的香火，烧一把纸钱，供一地馒头，轻轻把母亲的棺木扶上肩头，然后涉过无桥的河，爬上高高的山，将母亲的灵柩，连同对母亲的吊唁，送进古老的祖坟……

而这一切，都是静静地睡着的我们的母亲所不知道的，她在不知不觉中离开了父亲，她在不知不觉中离开了她深爱的儿女，她不知不觉中走进了黄土……之后，我们就常常跋涉上高坡，翻越过山头，高高地呼喊着："妈妈——"然后，匍匐于母亲的坟头，重复着无尽的忏悔；之后，父亲就常常望着东边的天空，久久地站着，叹息着，一遍一遍讲述着母亲的故事，而后，不断地寄出一封封心碎的思念……

生者对逝者的怀念，有的人说是做给生者看的，但我以为，那绝对是寄给逝者的思恋。尽管隔着漫漫时间，尽管隔着厚厚黄土，尽管隔着茫茫生死，尽管逝者已难以感受，然而这怀念是永远也隔不断的。

父亲失去了妻子，我们失去了母亲，我们和父亲的感情其实早随母亲的灵体，进入那深深的黄土了。世间没有什么东西，可以隔住这感情。也许有一天我们会没有了这种感情，但那绝不是淡漠，更不是丢失，而是这些思念母亲的人们，以同样的归宿进入了那片黄土。那时，就已经不仅仅是感情了，而是血与肉、情与思、骨髓与经络，又与母亲在一起了。灵魂，自然也在了一起。

——这世界真的有灵魂么？

七十年前的祥林嫂就这样问过了。鲁迅说，也许有罢！

但愿这世界真有灵魂。

那么，我们对母亲的怀念，母亲就永远能够收到了。

2000年10月15日于太原小东门家里

父母的爱情

我曾经怀着一种深爱的感情而生出一个不敬的想法：母亲如若去了，我可怎样地忍受怎样地度过？那时，母亲已经病着，但我坚信母亲会安然地活着，而且会活得长寿。我没想到母亲真的那么快就去了，没想到母亲去世之后，最最痛苦的，却是我们的父亲。

实际上，并非母亲去世之后，而是在母亲发病的那个凌晨，父亲就已经焦急而痛苦。那时候，父亲的声音从遥远的电话那头传来，哀哀地，说母亲病了；说告告你二姨、三姨、舅舅，母亲病了。我从来没有听到过父亲那样的声音，也从来没有以这样的方式接到过母亲病了的消息 还嘱咐要告告二姨、三姨、舅舅急速赶回去，母亲正昏迷于医院的病床。弟弟说，母亲一直这样昏迷着。液与氧静静地向母亲输送着，然而母亲一直昏迷着。后来，父亲就进来了，哀哀地，驼着腰，重复着一句话："把你给耽误了，把你给耽误了。"就去摸母亲的脸。不知怎，昏迷着的母亲，那时竟从眼角流出泪来。而留着留着，身体动了一下，就永远地去了。妹妹顿时昏死过去。父亲哭着就往母亲身上扑……

以后的日子里父亲日日都哭，怔怔地，以泪洗面，人也突然地消瘦和苍老了许多。在我们为母亲守灵的几日，有天早晨，迷迷糊糊听到楼上紧张而慌乱的响动，又听到二姨、三姨急促地说着"快点快点"，我们飞样地跑上去，父亲突然哇地哭了起来，而二姨、三姨的手，正从父亲的人中穴拿开。二姨说，父亲一夜都未睡，总是哭泣，哭哭停停，停停哭哭，天亮时，头一歪，就昏过去了。三姨对二姨说："没想到姐夫还是这样一个重情的人啊！"

父亲在我们的印象中，一直是一个严厉而刚烈的人。生活中的父亲和工作中的父亲始终是一个为理想而奋斗的人。他时常里是不怎么动感情的，或者说，是动不动就动感情的，但那往往是严厉之情，刚烈之情，而不是柔情温情。父亲以一种正直而没有一点媚骨的"硬气"在我们那个小城著称。我们全家，尤其是我们善良、慈爱、温和甚至有些柔弱的母亲，常为父亲的这种"硬气"而担心，却也自豪。但是，谁也没想到，母亲的去世，父亲会如此悲情、痴情而以至于不能够承受。这里面，包含了多少父亲对母亲的感情和父母之间相濡以沫相依为命的亲情、生死别情呵，然而，我们却一直对此漠视。

母亲不是一个轻易流露出自己感情的人，但她到太原小住看到她的孙女学琴时，曾说："给奶奶拉《梁祝》吧，那曲子好听。"然后又对我说："我最爱听《梁祝》了。"我自然知道《梁山伯与祝英台》对于传统的中国人意味着什么，而且我自己就专门收藏有俞丽拿、盛中国和西琦崇子演奏的《梁祝》的录音，但是我没有想到也没有顾得要放给母亲听听。我没有想想那支曲子背后蕴藏着母亲怎样一个感情世界。不是说爱情是永恒的主题么？我们实际是常常珍重自己的爱情而漠视父母的这种感情，我们实际是常常祝愿自己的爱情永恒而无视父辈的永恒的爱情。父母的爱情，对我们而言，虽是一个我们不曾探访的未知的世界，然而也确是一个被我们漠视已久的世界。也许我们习以为常了父母天经地义地自然而然地关怀我们后代的感情世界，纵使有时父母流露出这样的感情，我们也未曾顾得去理会，我们在拥有爱情的时候其实并没有完全懂得爱——这种博大之情的意蕴。

我这样写着的时候，其实我始终在想着我对父母，特别是对母亲的愧悔。我觉得，有的错误我们只犯一次一生就再没有了改正的机会，也许那错误仅仅是一点点疏忽而且当时并没有在意，然而却令你痛苦一生。

我忘不了我给父亲母亲拍的那张照片：文瀛湖畔，微风吹拂，母亲的头发飘了起来，父亲极自然地伸手为母亲梳理着发丝，母亲则脸含着笑，望着父亲，沉浸在幸福之中……那情景，那意蕴，我只是作为摄影师的捕捉而记录下来，并没有特别地感受到，父亲母亲，曾经有过怎样隽永的故事。直到后来，母亲病了，父亲也患了眼疾，有一天，我看着父亲拉着母亲的手在院子里散步。母亲拄着拐杖，和父亲慢慢地走过来，走过去，走过去，又走过来。看着看着，我突然感动了，似乎看到父母以爱相偕相依为命走过的日子，心里就愿意父母这样一直走下去，走下去，但倏然间又想到，走下去又将是什么样呢？禁不住悲从中来，鼻子就有些酸酸的了。

谁想，这样的结果说来就来了。而今，母亲拄着的那只拐杖，那只父亲给母亲购买而由母亲拄着同父亲走过来走过去的拐杖，那只母亲晚年不情愿拄但又不得不拄最后又离不了的拐杖,长久地挂在父亲的床头,挂了整整三年了,而母亲的身影,早已飘然而逝。从母亲逝去的那时刻起,父亲生命中就被抽走了他最最宝贵的元素。父亲在悲寂的晚景里思念着母亲,只能把无尽的思念倾注到纸间。他为此而写作了《悼贤妻》《恩爱夫妻甜苦深》《想妻》《愿人生有来世》《心刻不浮山》《难偿的恩爱债》等哀哀动人的怀念之作,久久地,把一种忏悔一种深爱诉说给母亲——

母亲不能自己送大小便了,长时间由父亲给倒,父亲无意间说了句"你哟,真麻烦",母亲说:"你给我倒倒吧,再一世我给你倒。"想着这,父亲的泪就下来了。母亲听说一位病人输用了脑活素,询问父亲:"我用不用输点脑活素?"父亲请教了一位医生说:"输也行不输也行。"结果没输。母亲唯一一次主动提出用药却没有给予满足。想到这,父亲的泪又下来了。母亲逝去前的那个夜晚,父亲觉得未能发现母亲的病变,而是只掩了掩母亲的被子说:"看着凉了。"母亲说:"不怕。"就睡着了。没想到这一睡就再没醒来……每每想到这,父亲总是长泪不止。

是爱到至深,才悲到极痛啊!而悲到极痛的父亲后来真正剩下的,就只有纯情了。他抛却了所有世俗的忧虑而只想着对母亲的思念。泪,想洒就洒,情,想写就写,没有任何什么可以干扰父亲的感情。他在《想妻》中说:"难道男儿都是铁石心肠?丈夫真的不想诀别的贤妻?我虽是年迈失偶,但我日夜想念我的贤妻。我想失妻男人羞于言表想妻,恐多数为封建大丈夫思想作祟，'男儿有泪不轻弹'，使得众多想妻男儿不敢公开流泪，更不愿表白想妻的断肠情怀。我一生刚烈，但在失却伴我四十六年的贤妻之后，就怎么也刚不起来了。我不能用'大丈夫'这块遮羞布来隐讳自己想念贤妻的真情。我想贤妻，我要痛痛快快地哭她，说她，书写她！"

　　父亲毕竟是父亲，他如此放得开地书写他对母亲的感情，本质上仍然是一种刚烈性情的表现。他不愿掩饰自己的任何感情，何况是生死爱情。

　　我们终于懂得了父母的爱情。我们懂得了父母的爱情却必须是在母亲去世之后，这人生是不是太残酷了？

　　好在，父亲不愧为我们的父亲，父亲不愧为母亲的爱夫，他在母亲去世后亮亮堂堂地打出永恒的爱情的旗帜，那其实也是母亲的新生与永生，是父亲母亲爱情的新生与永生。我们将为之而永远地感动！

2000 年 10 月 27 日凌晨于太原小东门家里

母亲之献

多少年前我寄给母亲的那首诗,我同时也是献给另一个母亲的。那时候母亲收到后,心里想什么我不曾问过,而当我后来想要问问这个话题的时候,母亲已与我们相隔茫茫……为此我深感遗憾但却又不仅为此,而是长痛于隐含其间的我对母亲的永久的愧憾。

> 绿色是世界的血液
> 绿色是世界的灵魂
> 我愿捧一捧绿色
> 献给我亲爱的母亲
> 也献给人类的母亲

这首写给母亲的献诗,题印在我的散文集《绿歌》的扉页。那本书的出版,我是献给我远在家乡的母亲,书中所有关于绿色的文字,却是为了我为之背负使命的地球母亲。这是我作为环境记者捧给世界的第一捧绿色。然而我没有想到,就为了这绿色的虔诚和地球母亲的祥和,我竟疏忽了我的远居在家乡小城的母亲。

这也许是没有退路的一种选择:我的做了环境记者,是在经历了长长的乡村劳作和城市跋涉之后的而立之年也是忧患之年,而且,是在生存空间越来越小生存危机越来越大的污染之域。这里,乡土工业的污染,全国第一,现代工业的污染,全国第一,生态破坏的灾祸,全国第一……生存于乌烟笼罩黑水横陈灰渣遍地的严峻时空,作为环境记者,你无法不把自己投向广阔的黑色污染和浓重的生态破坏,投向同反环境反自然行为决绝斗争的前沿,而决不使自己有些许的喘息或者退缩。

实际上,在那些时候,母亲已经一再发病并且住院。然而母亲却一再地让家人瞒我不告。事情是妹妹写信告诉我的。她说,母亲从来不因家事和自己的事情让我们分心,母亲从来都认为你有好多好多事情在忙在做。妹妹说:"但是我总有些担心。"我想,在母亲一再发病的时候,我也许正在地球的某个位置——在漳水之尾,在汾河河谷,在黄河岸边,为我们的母亲河奔波。

知道了母亲的病后,我就告诫自己:一定要把父母接来,好好住住。想起来,我同父母,同在这一方水土之间,却并没有在一起许多。早先,是因为父母奔忙,我被长期搁在祖父和外祖父的乡村;后来,是因为我的奔忙,我从乡村漂泊到烦躁的城市;我同父母在一起的日子,几乎可以扳着指头数清……

然而父母来了,我却未能让母亲好好住住。第一次来,我把父母接进家门,当天午后就出差采访,回来之后,也未能陪陪父母。那时候我骑着自行车上班下班,心里有了从来没有过的体验:家里住着父母的感觉真好!但是,我却未能好好陪陪父母。父母天天在街口看着自行车一波一波地涌过,想在车流中寻见我却又总是寻找不见。终于有一天,母亲说:"不能再住了,得回去,你们太忙。"便毅然归去。第二次来,已是几年以后,母亲已经不能到街口看自行车了,只能在我窄小而燥热的屋室里闷着,踽蹒着。我呢,我把什么事都撂给了妻子,仍未能在家陪陪父母,也未能领母亲去看看变了的城市。直到父母又要归去,我才突然意识到,我甚至未领母亲去医院检查过病情。虽然母亲说过"吃着药就行了,再检查也就是这",也说过"这次就不用看了,以后再说",但我就真的认同了母亲的说法。

谁知,"以后再说",就没了"以后"。母亲回去以后,病就重了。先是大热天地,手上长上了冻疮,整整一个夏天;冻疮好了,又说左胸腹疼痛。弟弟打来电话告我回去,我未能回去。我赶紧要通母亲的电话问病,母亲说:"老觉得胸腹有些疼痛。"按照母亲的性格,她自己说疼痛的时候,肯定是已经严重。但我当时只是说,等忙过这些时候,我就回去看您。然后,我又拨通了打往另一个方位——晋南河东的电话。

那时,是发生了著名的"天马事件"。山西河东一个叫作天马造纸厂的小企业,本是应该取缔的企业,却硬是以试验为名搞违法生产。结果,造纸黑液排入黄河灌区,污染了一座城市的饮用水源……当时,中国的新《刑法》刚刚施行,而新《刑法》刚刚设立"破坏环境资源罪"条款。"天马事件",恰恰撞在了中国第一例"破坏环境资源罪案"上。当时,采访的记者已经派出,我在报社坐镇指挥组织策划,而就在这时,我接到了远在老家的告急电话。我竟一字一字一句一句一版一版审稿改稿审定版面,直至深夜签字付印完报纸,才于凌晨往老家急赶。然而,赶回去后,却未能与母亲相见最后一面。

我没有想到，我会这么快地失去母亲。在我见到母亲的时候，只有滴滴的液体和输着的氧气在动着。母亲已经完全昏迷，进入弥留状态。据说，母亲是在夜里突然昏厥的，昏厥之后，就再没有醒来……我看着母亲平静地睡着的样子，我轻轻地叫着："妈妈，妈妈，我回来了！"只见她眼角慢慢地流出两行泪来，然后，动了一下，就永远地静了……我不知母亲有没有听到我的呼唤，我不知我与母亲这算不算已经相见，我只是想，如果母亲有知的话，那慢慢流出的最后的眼泪，应该是冥冥之中与儿子的一种神会，是责怪也好，怨悔也好，原谅也好，母亲您听到了吗，您的儿子赶回来了！

绝没有想到因为一个"天马事件"，我与母亲相隔于生死之间。绝没有想到为了一条河流的生命，这么快地离开了母亲的生命。

两年之后，我正在吕梁山中率团采访，突然传来消息，说因了这个事情，所有的评委全都被感动，我在北京获得"地球奖"桂冠。后来，当我捧着"地球奖"奖杯的时候，我感觉那奖杯是过于沉重。因为地球母亲受难而我们为之奋斗，我永远地失去了我的母亲。因为失去母亲而获得地球母亲的厚重的关爱，这是一种怎样残酷怎样悲苦的沉重啊！

此生遭遇一次，已经不能承受，然而对于地球母亲的痛，我们还将背负一生，还将艰难承受。我们还将付出终生的血液与灵肉，融筑地球母亲绿色的精魂。

2002 年 5 月 12 日母亲节深夜于太原小东门家里

一只手表的怀念

我甚至在梦里都在寻找,寻找一只手表。那手表,是母亲四十年前送给我的,也是我在二十年前母亲逝世之后就寻不见的。多少年了,我翻箱倒柜翻来覆去地寻找,却就是寻它不见。我甚至记不起来是在什么时候,那只表,怎么就寻不见了的。

那是一只上海手表,当初,是父亲送给母亲的。母亲是小学教师,上班下班上课下课课里课外都可能看时间,所以父亲给母亲买了那只机械式的上海手表。不过,母亲送给我的时候,那手表表门的玻璃,已经带着了一个显眼的裂痕。

我清楚记得那表的裂痕是怎么碰出的。一个暴雨天,雨停之后,母亲护送放学的小学生回家,走在洪水流淌的街道,母亲怕把孩子们掉到水里,就自己走在水边,结果,踩塌了被洪水漩空的路面,自己掉到了水里,就把手表给碰裂了。

我们那个小城,那时候的街道,还是完全的土路,遭遇暴雨,街道总要被冲出深深的沟壕。洪水在下面流,人在上面走,往往就把放学的孩子掉了进去。母亲是个小心人,每逢这样的时候,总是亲自护送学生回家,生怕她的学生闪失。

我记得,那个雨天,我放学回到家却进不了家门,便在屋檐下等着母亲,而母亲送完学生回到家时,浑身上下完全湿透了,头发也紧紧地贴在了头上脸上。晚上,看着母亲很是心疼地摸着手表，我才知道，那只表的玻璃，竟碰出一道直直的裂痕。

多少年后，我回到故乡做了插队知青，天天在广阔天地跟土地打着交道。开荒便开荒，挖土便挖土，其实与时间没有太大关系，但那时的农村，青年人竟也追求时髦，以腕上戴只明晃晃的手表为荣，尽管腕上手表常常是用手绢包裹着。

我就是在那时想要一只手表的。那时，母亲回老家看我和爷爷，我透露了这个想法，母亲从腕上摘下手表就要给我，我却嫌表是破表而拒绝了母亲。转而，知道家里不可能再买新表，便又整天闷闷不乐。母亲便又将手表戴上了我的手腕。

之后，我戴着这手表开荒挖土挑筐运土，我戴着这手表离开农村进了城市，我戴着这手表读书写作当了记者，然而到后来电子手表热闹起来的时候，人们浮躁地更新着腕上的手表，母亲给我的这只手表，竟也从我的手腕退了下来……

许多年后，母亲突然离我们而去了，我便开始留恋起了母亲的遗物。我突然想起来了这只手表。我反反复复地寻找，却怎么也找不见这只手表；我前前后后三次搬家都翻箱倒柜，却就是找不见了这只手表。我甚至记不起了它是怎么就不见了的。

是丢失了吗？没有记得。是送人了吗？也没记得。然而什么也没有记得，说明完全没有在意，就将一只母亲送给的手表弄丢了，而且是糊里糊涂地弄丢了。这也许比清清楚楚送人或者明明白白丢失，更使我觉得自己实在对不起母亲。

我后悔我当初从母亲腕上将表戴到我的腕上了。越是后悔就越发觉得，当初我从母亲手上要下这只手表时，在我，其实只是虚荣，而在母亲，是实实在在地有用。我想象不出我那样虚荣地摘掉了母亲腕上的时间，给母亲制造了怎样的紧张。

然而任何过去都不可能重来。那只凝结了父亲对母亲之爱的手表，那只凝结了母亲对儿子之爱的手表，那只看上去带了长长裂隙而实际密封依然的手表，那只表壳银白表盘微黄而刻度金亮的手表，因此便不明不白地在我手上失落了。

多少年来，我始终在寻找着那只手表，怀念着那只手表。而今，母亲已远远地深眠在故乡的黄土里了，我只能在清明的时节烧着纸火祭奠母亲，但我没有烧过纸表，我无法拿了纸表去告慰母亲。我只能默默地忏悔着：我不该把那只手表弄丢了。

我始终没有寻找到那只手表。我想，那只手表，肯定是在了这个世界上一个什么地方，但无论在什么地方，它其实都在我的怀念里。我始终感受着那只手表带给我的母亲的冷暖和母亲的体温。那只手表，是依然和母亲相伴，永远在我的心里了。

2016年3月31日于太原汾河西岸家里

绿苹果的回忆

我知道我是永远不可能再吃到那种别有意味的苹果了。那苹果虽然绿而且小，但却清脆酸甜，好一种沁心的淋漓。然而我知道那苹果对于我已经成为历史，我多少年没有也不可能再吃到那样的苹果了。那种被称为国光的小苹果，在我心里始终认为，那是一种特别的苹果，一种母亲的绿苹果。

我的母亲总是在我们回家过年的时候囤了半瓮的绿苹果。每年每年，从我们回到家里的那一刻起，母亲就已将洗好的苹果摆在那里了。那种苹果，绿，但脆生生的，咬一口，会溅满口的水汁——酸，是酸得爽口、酸得入心、酸得提神的那种。然而也酸得倒牙。但我和妻子，却就爱吃这绿苹果。

我们不知道我们是什么时候喜爱上这样的苹果的，也不知道母亲是从什么时候起发现了我们爱吃这样的绿苹果的，反正，只要我们回到家里，一盘小而绿绿而小的苹果，就已经亮亮光光地等候在那里了。并且，苹果上留了圆圆滚滚的水珠，越发给了这绿苹果一种水灵灵的感觉，看着就想咬。

那时，我们家住的是那种房是房院是院的小城楼房，睡在一层或者二层，都能听到院里的声音。妻子说，那时，总是听着母亲在天不明的时候就在院里的厨房忙活了，捅火、舀水、洗菜……甚至听到母亲咕噜噜洗苹果的声音。于是水灵灵的苹果，总是在早餐之后，就摆在透着阳光的屋里了。

我知道，母亲总是这样细细碎碎地操劳着，就像她的心，总是细细碎碎地操持着。

我在外地上学的时候，每每回到家里，母亲总发酵芥末给我拌粉丝，看着我被呛得满眼生泪，母亲会哈哈大笑；而每每从家里走，母亲因为我爱吃干馒头，连夜烤了焦黄焦黄的馒头片，给我塞进了包里；听我说黄瓜干好吃，就买了鲜鲜绿绿的黄瓜干，非让我带上，说回省城自己吃，或者送人。

母亲是那种把心事挂在我们身上的人，但她唯独没有她自己。就在她把绿苹果摆上茶几之后，她会静静地守在一边，静静地坐在阳光里，看着你吃，看着你脆脆灵灵地将苹果咬出水声，看着你尽情享受着她的爱抚，而你在那时居然没有发现，母亲，她自己并没有去吃那水灵灵脆生生的小苹果。

这是我在事后才知道的。妻子说，其实，母亲自己在厨房里还放了另一种苹果，但那是疤了的、缩了的、烂了的苹果，母亲将苹果坏了的地方剜掉，自己吃。她给我们吃的，总是最好的东西，而留给自己的，却是不应该吃的东西。"烂苹果"定律，在母亲的词典里似乎解释不出另外的人生哲理。

想起来，母亲不仅将苹果洗了端给我们吃，而且，在我们离家要走的时候，她会洗了更多更多，非要你带走不可。那时，我总是将她给我们装好的苹果一股脑儿地掏出来，坚决不带。母亲尽管那时候期期艾艾地看着苹果又看着我，是一脸的无奈与失望，但我却就是坚决地拒绝了母亲的苹果。

后来，每每想起这事，我总是后悔且心痛。我怎么就那么轻率地拒绝了母亲呢?

母亲做了一辈子老师,操心,似乎就是她的职业。在母亲的为人处世里,为别人想,为别人做,就是她的道理;而在母亲退休之后,为家人想,为家人做,几乎成为她的唯一。那时,我说苹果到处都是又不稀罕而将母亲装好的苹果不客气地掏出的时候,我怎么就仅仅将那苹果看作是苹果了呢?

遗憾之为遗憾,就在于你永远不再会有机会重新经历。人说太操心的人长寿不了,我没有想到,母亲就在退休不多年之后,真就过早地离开了我们。而就在母亲离开我们之后,就在我们送别母亲之后,就在我要重新回到省城而离开家的那一刻,我却突然地感觉到:真的,母亲不在了,家就不在了啊!这个别人曾经说过的感觉,是那样强烈地袭击了我。

是的,从那一刻起,没有人再给你做让你满眼生泪的芥末粉丝了,没有人再给你烤让你嚼着喷香的干馒头片了,没有人给你买了青绿如鲜的黄瓜干让你带,没有人再给你洗了小而绿绿而小的苹果看你吃,及至于,没有人给你将那小苹果装在包里塞得鼓鼓囊囊让你再去掏。而就在那一时刻,你是多么想有人将哪怕一个小苹果再塞到你的包里啊!

事实上,绝对不会再有了。虽然亲人都在,虽然上上下下都在,但母爱,已经不在了。母爱,已成为远去的余音,成为永远的绝响。她只存在于你曾经满满当当地享受然而却并没有在意的时空里了。母亲把她带到远远的故乡那深深的黄土之下去了。那里会生长青草,但永远生长不出了母爱!

之后,多少年过去,我总是想起母亲的绿苹果。尽管我后来见过许许多多的苹果，然而，我费尽心思找过的那种小苹果绿苹果却久久没有能够找到。或者说，我也吃到过那种小而且绿的苹果，然而终究没有找回母亲苹果的那种别样的意味。想想，那是浸透了母爱的绿苹果啊，你能找得到吗？

      2016年5月31日于太原汾河西岸家里

烤馍片的遥想

隔着遥远的山水,隔着时间的流年,我似乎依然闻得到那种浓浓的原香的味道。那种焦黄焦黄的,带着火的颜色、火的炽热、火的温暖的味道。

那是母亲给我的烤馍片的香味,是蕴含着母爱的香味。

我这生爱啃干的硬的东西,爱吃干馍馍片,应该说,大约是从那个时候开始的,或者,是从那个时候养成的。喜爱所有干的硬的食物并且延续至今,成了我这生的吃的嗜好。

也许是儿时吃了太多太多的泡软的东西,便有了后来对于干的硬的的喜好?

据母亲说,舅舅也说过,母亲怀我的时候,正月十五闹元宵,被拥到小城的东门口看红火,突然,有人在母亲的背上捶了一拳,当时没觉什么,晚上,半夜,凌晨,母亲就突然生下了我。所以,我的生日农历正月十六,家里许多人都知道并且记得,及至多少年后我结了婚,妻子家里许多人也知道并记得。这大概就是那记陌生的拳头的历史影响吧。

生下了我之后,那是中国的"大跃进"年代啊,母亲就没有了奶,而我,竟是姥娘用"焖焖"喂大的。什么是"焖焖"?就是水泡饼干。就是把粗糙的饼干掰碎,泡在开水里,搅一搅,或稀流,或稠软,我就喝那个。后来我之所以长得手小脚小个子小,据说,与那"焖焖"干系极大。但如若没有那"焖焖"呢,我恐怕连这些"小"也不会长起来了。

我的小时候,是在姥娘家长大的。我是姥娘看大的,也是舅舅带大的。无论饱还是饿,我对吃的记忆,几乎等于零。我只记得曾经跟着舅舅到他的中学去,第一次看到被敲打得踏踏乱响的洋鼓。只记得在姥娘家的炕上,早晨起来被舅舅捧着高高扔起然后落进棉被里的快乐。我似乎没有关于饥饿年代的记忆。是没有挨饿呢,还是挨了饿没有记得呢?不得而知。不过,想想,应该是没有挨饿。姥娘舅舅怎会让我挨饿呢?

而我记起关于吃的的时候,是在多少年之后了。是在经历了姥娘家爷爷家轮流居住之后,是在回到父母身边读了初中高中之后,是在高中毕业而回到农村老家插队之后,是在插队农村而又跑到省城读书劳动之后。那时,人们的生活开始结束粗粮的历史而只吃细粮了,我从省城回到小城过年过节,母亲总是给我烤了焦黄的馍馍片吃。母亲看着我,摸着我,总说一句话:可怜小时候没有奶吃,连好吃的也没有。母亲可能就是那时候发现我爱吃干黄焦脆的馍馍片的,而我好像也是那时候突然发现自己爱吃干黄焦脆的馍馍片的。

烤馍馍片,吃起来喷喷香,但做起来,却并非只是个简单的"烤"。那是一个完整的发面、揉面、醒面、蒸馍、切馍、烤馍的过程。得要发面,得要蒸馍,而在发面与蒸馍之间,关键一道工序,放碱,是最要讲究分量的。母亲一辈子忙于教书,并不是一个太会做饭的人,而发面蒸馒头,对于她却是一种难度极高的做饭。记得,她在揉面的时候,总要先放点碱面进去,揉；然后，捏一小面丸，烤；烤熟了，尝尝。酸，就再往里加碱；涩，就再往里揉面。揉来揉去，如此往复，但往往一揭锅盖，蒸馍一出笼，母亲却并不满意。

在我，实际是爱吃碱小的酸馒头，而母亲往往蒸成了碱大的黄馒头。但是，不论酸或是黄，只要母亲把馒头切成片烤出来，看着焦黄焦黄的馍馍片，我则一律地爱吃了。

但那烤馍馍片，也颇费周折的。我们小城用的是那种煤火炭火，不做饭时，用煤与土和成的泥闷着，做饭时，用火柱捅开泥煤烧着。所以进厨房做饭，得忍着那种呛人的煤烟味儿。而烤馒头，多是在吃过晚饭之后，母亲把馒头放在案板上，切成几乎一样样厚薄的馍片，围着火，一圈一圈地，摆在火炉台上。然后，睡前，去挪馍片，把火边的挪到外边，外边的挪到火边；而至早晨，又是，将火边的倒到外边，将外边的倒到火边。如此往复，烤出的馍片焦而不糊、脆而不酥。咬一口，是带着炉温火温的满嘴的喷香。

那香味，从嘴里嚼得喷溅出来，又从鼻子闻了进去，浓浓的，扑面而起，真是一种源自家乡的麦香、火香、烤香，弥散着粮食的原香，炉火的焦香，和母亲的劳作的馨香。

那时，每年，母亲都要给我烤了许多许多的馍馍片，不是我回家过年过节带走，就是母亲托亲戚给我捎来，几乎一年到头不断，伴了我整个的单身时代。直至我恋爱，结婚，她还在给我烤，以致我妻子也爱吃烤馍片了。但妻子总说，不要老让母亲给我们烤馍片了，而母亲还是忍不住烤了，给我们带来。是后来母亲病了，我们才坚决不许母亲再烤，这才打住了母亲烤馍片的历史。但谁知，这一打住，就真的结束了母亲带给我们的焦喳喳香喷喷的烤馍片的历史，真的结束了母亲给我们的温暖的馨香的慈爱。而且，是永远结束了。

是在一个夜半或者凌晨，我和妻子女儿都在睡梦中的时候，突然，电话响了，妻子以为是骚扰电话，拿了一下话筒，就又放了。之后，我躺着躺着，似乎是梦着，又似乎是真的，隐隐听到一个声音，是母亲呼唤我的声音。不多会儿，电话重又响起，我赶紧接起，是弟弟的同事打来的，说你母亲病了，已经送医院抢救。我赶紧匆匆赶回，但母亲已经昏迷。我呼唤着母亲，母亲只是动了动手指，但丝毫没有苏醒。我想母亲是听到我的声音了，但她已经不能回应。不久，母亲扭动了一下身子，眼角流出两行眼泪，默默地离开了我们。

我早就听说，亲人离开的时候，无论隔着多远，都会有灵魂的感应。我后来想，我在那个凌晨隐隐约约听到电话里传来的母亲的声音，应该就是母亲与我的心灵的感应吧。

母亲离开之后，我也彻底结束了爱吃干馍片的嗜好。不是没有人给烤了，而是没有了母亲的爱与温馨。后来遇到过许许多多形形色色的烤馍片，但我已经完全拒绝。我怕会破坏了母亲烤的馍馍片在我心中的味道，也怕勾起母亲的突然离去在我心中落下的痛。母爱的滋味是什么也代替不了的，那是融进血液灵魂的体味，永远，一切，什么也代替不了。

它已经融化在我的整个生命里人生里了，那焦黄的馍片，无论有或者无，都已经存在。只是每每想起那段时光，爱着，幸福着，但心也会隐隐作痛。那永远回不去的人生，永远回不去的母爱，永远回不去的兴味，都留在遥远的时光里了，母亲已经不可能再与我们同在。尽管那焦黄那脆香，可以回味，但毕竟，已经隔了远远的天，隔了远远的地。

其实，爱的绝望，不在于失去，而在于失去之后，永远找不回来。我永远不可能再回到那些焦香萦绕的年代了，我永远再也找不回来了，我曾经拥有的母爱。

2016年12月6日于太原汾河西岸家里

背后那双眼睛

多少年之后，我突然感受到了那双背后的眼睛。

其实，多少年之前，那双眼睛就是那样目送你离去的。只是，那时，我未曾体察。

那时，远远地离开了故乡，久久地，走成了故乡的游子，每每归去而又每每离开，母亲都会送你离去。

开始的时候，母亲送你，会送你到汽车站点，在看你上了汽车之后，母亲会定定地站在那里；之后，母亲送你，会送你到大街路口，在看你走出许多路后，母亲还远远地站在那里；再后，母亲送你，会送你到小巷街头，在看着你转弯离去之后，母亲依然望着你离去的道路；再之后，母亲送你，只能在小院门口了，你倏然离开了院子了，母亲还在那里喊着慢点慢点；再之后呢，母亲送你，已是只能坐在屋里的窗前了，在看你走出大门之后，母亲依然在窗前看着，看着……看着你的身影，看着你的离去，看着你离去的前方——前方有什么吗？前方什么也没有，只是空空的方向。

那时，我其实并未看到母亲的目光，并未看到母亲望在我背后的那双眼睛。当时我是毅然直直地离去的，或者说，是没有留恋地离去的。青年时代，向往的是外面的世界，迷恋的是远方的事情，总觉得日子长长，哪会留恋故乡的土地呢？哪会牵挂母亲的感情呢？是在母亲离开了我们之后，是在我再度归去而又再度离开的时候，我才突然觉得，我背后少了许多什么。少了什么呢？我突然意识到，我少了母亲的目光，少了那双久久望着我的离去而久久目送的眼睛。那时，我想，我的曾经归来而离去，母亲的眼睛一定是在我背后久久地望着我离去的背影，以及背影消失的地方。

当然，这是我在多少年之后才获得的感悟。而这感悟，是在我们做了别人的父母，做着别人父母的父母之后的感悟。你看着自己的儿女和儿女的儿女们离开，你也是看着他们走去，也是看着他们乘车远去，也是看着他们乘车远去的道路，也是看着他们乘车远去道路的尽头，尽管那里已经空空荡荡或者浩浩荡荡，但你还是会看着，望着，看着望着他们离去而至于空空……那时，你会想起你曾经的离开故乡，你的母亲就是这样看着你，望着你，即使你是已经消失在了她的视野之外，她也依然这样地看着，望着。于是，你终于明白了，什么叫望眼欲穿，什么又叫望尽天涯。

我是已经多少年没有感受那样的目送了，我已经多少年没有享受那样的爱抚。但不知何时，当我归去而再离开的时候，我终于又感受到了母亲目送的衔接，又感受到了母亲爱抚的延伸——那是父亲，年老的父亲，终于接过了母亲的送别，一双留恋难离的眼睛，又送在了我的背后。起先，父亲是站在阳台上，隔着玻璃，看着我，望着我，送我的；后来，父亲是坐在屋里的椅子上，看着我，望着我，送我。我说："爸，我走了，过些时日，我再回来看你。"父亲说："啊，啊。"我定定地看着父亲,父亲默默地看着我。然后,转身,出门。父亲的眼光,被我砰的一声,隔在了门里。

父亲是个性格硬朗的人,当年母亲目送我们离去的时候,我未曾感觉到父亲的目送。但当我有一天突然感觉到父亲的目送、父亲的目光的时候,却为父亲这样的目送、这样的目光、这样的母亲一样的送在我背后的眼睛,而心生忧伤。一个硬朗性格的人,他的硬朗逝去了,只剩下了爱抚的目光,或者说,他的硬朗的目光变成了爱抚的目光,对于我们,这是幸福呢还是不幸?我是但愿不感受这样的目送,不享受这样的目光,不承受这样的久久远远望在我背后的眼睛的!也许,我习惯于父亲硬朗的目光看我,而不是送我;不是背后的感伤和难耐,不是两颗心之间的内在的无奈。

那么,我给过父母目送吗?我给过母亲背后的目光吗?哦,给过的。在父母来儿子所在的城市小住的时候,我曾为父亲的搀扶着母亲散步而欣慰,然也为父母的牵手老去而叹惋。你也许能够留住父母的居住,但是,你能够留住父母的不老吗?你能够留住母亲的不逝么?而且,也就是那个时候,父母回到了自己居住的小城,母亲,却就没能够再度走出小城。或者说,母亲的再度走出小城,是永远地离开小城,走向了远在小城之外的老家的大山,走向了母亲其实陌生的掩埋着爷爷的生命爷爷的灵魂爷爷的一切的黄土。

那时,我每每爬上高高的黄土梁,望着山洼里的母亲的时候,我高高地呼喊着:"妈——妈——妈——妈——"

我的一双眼睛,终于望在了母亲的背后了,然而,我的母亲,却再也没有了回应。

我望着母亲的坟茔，泪水溢满了眼眶……

2018年5月13日母亲节于太原汾河西岸家里

国际长途

琦讲好是在晚十点的时候才挂长途来的。可尚在离十点还有两小时的时候,全家人就吃不安晚饭了。岳父岳母早早地就要下到传达室在电话机前等着。妻说"你们慢慢吃吧,我下去等着",就带着博儿下去了。可岳父母仍是吃不安晚饭。岳母甚至几次走到窗前朝院里张望,心老是想着将从遥远遥远的地方传来的儿子的声音……

琦是在三天之前走向那个岛国的。走的时候,二姐说,凌晨起床,却连早饭都没来得及做。只啃了点面包,就匆匆赶飞机了。二姐说有两三个小时就到了,用不着担心饿着的。可对于留在家里的亲人讲,一分钟就到,也毕竟在千里之外呵。

岳母当时听了,眼就有些隐隐的发红,但半天没吭声。二姐又说,她们和小玲送琦到机场,入场处却不许送行的进,她们就在大厅里照了好多好多的相。二姐说小玲噙着泪讲她要把照片冲洗出来,放大,把屋内四墙都贴满琦的相,想他时,想看哪个就看哪个。而就在进机场的一刹那,她终于哭开了。二姐说,琦却很坚强,踏踏踏走上前,看也不看我们,接过行李就出去了,琦可真坚强。

岳母听了,揉了揉眼窝,说:"那是怕哭出来。"声音颤颤的,但岳母没有哭。妻却突然丢下碗筷,倏地跑出去了。我跟着出去看时，妻子正靠在沙发上，仰着脸面流泪呢。半天，我没找出什么安慰她的话，反而想，流就流吧，也好散散胸中的不悦。

妻是在知道自己不能赴京送琦之后，就开始闷闷不乐。本来她是要到清华送琦的，但一二三姐都争着要去送，二老身边又不能都走了，她就留下来。那天，她一下买了一堆小东西，什么乐天哈哈的弥勒佛、慈眉善目的观世音、情情爱爱的小瓷人、玲珑聪慧的泥娃娃，等等，都是她平常喜欢而没舍得买的。她以为自己喜欢的琦就一定喜欢，就叫一二三姐带去，以寄托送别之情。尽管如此，但后来看到一二三姐一个个眼肿肿地归来时，她又不甚尽意了。几天间老是一听起二姐讲，眼就湿润润的。

好在二姐说，琦讲好要在三天后的这个十点给家里人挂电话的。国际长途，毕竟可以使走时未曾见面而且越离越远的人以声相会。于是，妻就欣欣然若有喜色。

比起来，岳父似乎不动什么声色。说不动声色，却好几天前就同传达室打好了招呼，又早早同值班的老头拿到了钥匙。然后，就静静地等着。然后，岳母就掐着指头算着日子，老感觉过了很长很长。以致这个"晚十点"就在眼前了，还觉得老长老长老长。总念叨：不知日本的十点，是中国的几点……而就在她这么念念不断的时候，妻就在院里高叫了："爸爸——"

于是，岳父嗖地窜下楼去，我扶着岳母匆匆下楼。

电话从遥远的地方传来，声音却特别的清晰。大家屏声静息，心跳着，围着岳父手里握着的话筒，清晰地听出了琦的声音——那完完全全属于琦的荡亮的声音。妻兴奋地看着岳母，眼里亮着晶莹。岳母抿着嘴笑着，脸上放着红光。就连博儿也睁圆了两眼，惊喜地盯着那只电话筒。

琦说："我这里很好，比我想象的要好！住八平米的单人房间，房间内应有尽有，我现在就在房间里给家里打电话……"

岳父不停地"嗯嗯"。

琦说："工作的地方离住处不远，工作室也是单间，配有电子计算机设备……这个研究所有来自美国的、英国的、意大利的专家，都是世界一流学院的研究人员，而我，是到这个研究所的第一个中国人……"

岳父一边"嗯"着，一边若有所思，却抑制不住地从眼角嘴角现出深长的欣慰。作为父亲，他只有自豪，只有欣慰，只有向遥遥岛国放飞给儿子一种信任。他太了解儿子了。他曾经对儿子寄予什么希望都已经不在话下，儿子已经用行动超越了那些希望。儿子说："我想干的事情就一定能干成。"那已不是一种誓言。他太放心儿子了。但当儿子到了异国的土地，而且像儿子说的作为第一个中国人在哪所高科研领地时，他突然感到，儿子已经不是儿子自己的形象，是同他身后的生于斯长于斯的土地连在一起的形象呵！岳父握着电话，整个人在激动中由欣慰而至于庄重，又由庄重而至于有了说不完的叮咛。他说："在那里，要多同国内联系，多同母校联系，多同家里联系啊！"

之后，他把话筒递给岳母。岳母是抖着手握住话筒的。握住话筒，第一句话就带着微微的颤音："琦啊，刚才的话，我都听着了。你现在是一个人在那里，小玲又不在身边，你可要吃好饭啊……"然后，就不说话了。然后，就是琦关于每日早餐午餐晚餐的细述。

儿行千里母担忧,何况在万里之外呢?琦刚刚走出国门三天,她已经不知多少次地翻阅那册装有琦和小玲结婚照的影集。尽管儿子的形象就装在她心中,但她是那种看着儿子还想着儿子的母亲呵,怎么能忍受对儿子走向天边的思念呢?她知道儿子是日本京都向中国清华聘请了去做研究工作的,虽然只有两年,但这两年,在年届花甲的母亲心中,那是怎样的漫长呀。她也清楚,琦儿十六岁走向清华,虽然早已自立,但是在一个举目无亲的岛国上生活,他毕竟还没有走出三十岁呢。

"……琦儿,你一定要吃好啊,在那里,只有自己照顾自己了……"

岳母说到这,就像要哭出来了。岳父赶紧接过话筒讲:"在那里,可以多结交些同行,多交流些学识,多借鉴点东西,回国后,有用!"于是,琦那边又是细述。岳母说,好啦,让圃说两句吧。

话筒就递给了妻子。妻完全一个激动的样子。说:"琦,我是四姐。特别想你啊!"琦说:"我也是啊,特别想家,想姐姐,想父母……"妻说:"爸妈这儿,你就别挂心了,有我在呢。我会照顾好爸妈的。你放心干大事!"

妻说着,竟将一只手攥成拳头,举在面前,紧紧地握了握。似乎,一切都在这一握之中表达了。她记得,好多年前琦从这个城市走向清华时,那火车窗前飞逝的告别,最终就在这对应的一握中果断地完成。那一握是什么意思呢?是信念么?是激励么?是事业么?于今想来,那一握中,凝聚了怎样的精神世界呵。她知道此刻琦不可能看到她的,但她感到,那未曾送琦的遗憾和未能言语的心情，顷刻向在这以声相会的一握中得到化解很现实。她相信琦能感觉到的。

妻这样子说着做着的时候，岳父想起什么似的急急伸过手掌："再让我说两句吧。"岳父平时的沉着、不动声色，这时全然变得性急难耐。他先前还安慰大家：不要着急，不过就是通个声音，其实也没什么要讲的。而此刻，他却几次讲不完。可谁知，他刚把话筒贴上耳朵，刚叫了声"琦"，琦也似乎刚刚回声，遥远处传来的却只有忙音了。妻急得直拍电话机，岳父说，别拍别拍，越拍越不行。

于是，大家一片沮丧。就又静静地等。希望电话机能重新响起。等了半天，没响。岳父说着"别等了别等了"，就回去了。岳母也走走、听听、走走，慢慢地回去。最后，只剩下妻在等待。

后来，妻也上楼来，说终于没等着。于是，大家感到十分的遗憾。妻叹息说："我还没跟琦讲什么呢，就断了。"岳母说："都是你爸，一会儿一会儿地讲！"岳父先是自得地笑了笑，后又冤屈似的说："我不是也没讲完嘛！"于是大家又感到奇怪：电话怎么就断了呢？是电话局给切断了吗？久久，总摆不脱十分遗憾。遗憾不远万里挂来的长途竟在猝不及防间戛然而断。遗憾竟没来得及问琦的电话号码。

1991年3月26日凌晨于太原上官巷家里

第三辑　怅望乡土

　　我终于发现，我即使远远地脱离了黄土，我即使久久地生活在了都市，但我的骨子里、脉管里流动的，仍然是农民的血液……

老 屋

　　远远地走出了故乡，久久地离开了老屋，蛰居在宽阔城市的狭小里，常常想起狭小村庄的宽阔来，困扰于都市喧嚣的包围，便每每思念着老屋的恬静……于是，若干年中，我是一闭上眼睛，于那幽幽冥冥的深邃中，总就看见了遥遥迢迢的老屋和老屋悠长悠长的故事……

　　我的老屋，实际是座普通的北方小院，深深的，静静的，像一个沉着的北方村夫具有了淳朴和精悍的品格一样，它同时聚合了黄土高原上典型的古朴、灵秀和富丽的建筑风格。老屋的胸脯，是一面横瑄的石窑，雄厚高大，撑起了小院的主体；其东西两侧，两排人字形的瓦房像一双结实的手臂伸了出去，捧住了前面方方正正的宝盒一样的平房，使小院自成一统地围成一个悠悠然然的天井。而抱着这天井的瓦房，由于西边是高高翘翘的二层楼阁，东边只是单层，远远看去，两个人字形，一高一低，又像两个协肩而处的兄弟，精精神神地立着，从它们中间伸出了袅袅娜娜的染着青春色的石榴树和茂茂密密的浓蓄着生命力的梨树，活活泼泼的，蓬蓬勃勃的，那真是一派别有生机的所在呢。

　　那时候，小院是年轻的；由于年轻，便就更衬出老屋的古老。但它古于何时老有几许，却没人能说得出来。我爷爷说这个村庄的老祖宗从洪洞大槐树迁来之后，到他，已经二十几代了。但我仍然不得而知老屋造于哪代。只看着那不是砖也不是方正的大青石而是圆的、扁的、菱形的河卵石砌成的屋墙，我惊异，这河卵石，怎么就能撑起这古老的厚重呢？听爷爷说，他看见这屋子的时候，是同他爷爷连在一起的。而我看着这屋子的时候，则是同我爷爷连在一起的。那时候，我看着他冬天的时候呵着热气冒着热汗打扫那些积雪与冰凌，我看着他夏天的时候光着脊梁扛着麻袋在屋顶晒好那些玉米和谷子，我看着他一年又一年地在堆了多年的干柴上再堆上新打的山柴，我看着他一年到头从屋里走到地里又从地里走进老屋，而我看着最多的，是他年年月月握着小铲捧着泥盆于屋前屋后一点一点地砌补着那些风化剥蚀的墙缝和大至鼠洞小至蚁穴的镂损。我看着在他精心修饰之后，小院那古老的河卵石世界便有了永永远远的青堂瓦舍、光滑洁净的景象。那时，每每如此，他总是坐于窑洞土炕，从高高的窗棂望出去，越过前面的屋房，越过老屋之外、村庄之外绕村而过的河流上空，落在了对面南山的坡地。他叙说着，那坡地上，哪块梯田曾是我们家的地亩，哪亩地上种着我们家的梧桐……爷爷的意思，是希望有朝一日田地归还的时候，我能继承他的事业。可他绝想不到，他的身在老屋的孙子，他的啃着他土地生长的孙子，其时其刻的心思，已是淡漠了自己生于斯长于斯的村庄而向往着了有着高楼、大厦和广阔街道的城市。他不知道，他的故事，他的一切，在我，已经是在渐渐陌远了。所以我一直觉得，这老屋，不是我的老屋，不是爸爸的老屋，而是爷爷的老屋。老屋的一切是爷爷的，爷爷的一切，是老屋的。

之后，我是真的走出了老屋，走进了城市了。而当我再回到老屋再看到爷爷时，正是我爷爷带着他的梦想带着他的希望与寄托，永远地告别了老屋，告别了他生存、栖息和生养后代的老屋。于是，老屋是彻底地留给爸爸了，老屋是彻底地留给我们了，但那时我们并未觉出这老屋留给我们的分量。直到若干年后，我们关闭了爷爷的老屋，关闭了小院的一切动和静的生机，把老屋交给了空寂，把老屋留在远远的思念里了，才觉出老屋在我们心上的分量。以致若干年来我总是冥冥追想着老屋的后来和孜孜打探着老屋的消息。我奇怪，还在老屋的时候，我是时时企望着城市，而在了城市之后，何以又时时思念着老屋呢？

渐渐地，有消息自故乡来。说老屋的瓦楞已密密地长出了瓦菲和厚厚的茅草，说老屋的石窑冰雪已经把窑顶的表层激裂，说屋内屋外的墙皮已在纷纷剥落，说老屋的鼠洞已打了很深很深而墙将被镂空……于是，另一个热闹的话题便在乡间传着，说谁谁谁愿出高价买去老屋，谁谁谁愿出更高、更高……似乎我们已经在拍卖老屋了。然而我们并未曾说过要卖老屋的，而那里却已有了一个争报价码的市场。我知道，在了城市，我们是不愿也不可能再回到那块褐色的土地和古朴的老屋去了，我们不可能再在那里耕织、稼穑和繁衍后代，不可能把希望还给爷爷和爷爷坟墓下等待的灵魂。然而我们同样也不可能在我们的手里把老屋卖掉。卖掉老屋，不意味着卖掉祖辈的艰辛祖辈的血汗祖辈的自豪与欣慰么？卖掉老屋，不意味着卖掉爷爷的事业爷爷的希望爷爷的感情爷爷的一切么？

我记不清哪位大作家说过，在我们久远地离开故乡之后，也宁愿长久地存留着自己的旧居;即使乡人会越来越陌生,即使我们自己会有百年之后的永失,但只要那方瓦石仍在,我们就会在乡间留下一个永远的印记。这铭心之言,我是深有同感。但我的乡间的人们,说房屋不住人,就会很快腐朽。那么在百年之后,甚至不到百年或更短,我的老屋将是什么样子呢?我想象,我那乡间老屋这个披了补丁衣裳的老人,他那河卵石缀结的衣衫裹着的肩骨,会不会撑得下去那整个时间的重负呢?那聚合了风、雨和历史厚积的屋顶,会不会把老人压垮了呢?老屋有一天会不会成为一堆瓦砾一片废墟呢?而成了废墟和瓦砾,也是我们永远的印记么?……我于是又不知所以不知所措地感到了莫大的惆怅。

不过我确信,这老屋还是不会卖掉的。因为我这时是深深感觉到了,我、爸爸,我们与老屋是如何的分不开呀。虽然,我们在老屋的时间都很短暂,虽然我们住着老屋的时候都未曾把老屋放在心上,虽然爸爸的爸爸,我的爷爷在絮絮叨叨叙说着他那些房屋、土地的时候,我们都淡淡地没有在意,但是多少年之后,我们才发现,爷爷的土地、老屋和他的感情,是深深地刻在我们的意识里了。在了城市,可心仍然牵挂着那块土地;做了城市人了,血脉里却仍然流淌着的是爷爷农人的血液。

于是,我们明知老屋未来的命运而不能去挽回,明知有一条拯救老屋的路而不愿去为之。我只感到了心像拖着长长的负荷的老屋一样的沉重,而久久地不能够超越……

哦,我的远在乡间的老屋和我的思念着的老屋的心啊!

1988年7月16日于太原新建路斗室

遥祭黄土魂

无悔的人生是不存在的。欣慰常常使人想起过去，忏悔却铭心刻骨地使你牢牢记着一段历史，使你背着这段历史，走完你的人生。

我被这种感受折磨好久好久了，似乎从看到爷爷灰褐色的遗容那刻起，我就被愧悔折磨着；且随着年事的增长，这折磨愈来愈烈，以致我深信不疑地预感到，若干年后，直到老终残生，我都会为之而感到深深的惶恐……

这完全来自对于爷爷的辜负！来自对于那个黄土地上为火色太阳炙烤出来的褐色背脊的辜负！我永远都想不通我当时怎么就过于天真又过于理智地信奉"人固有一死"而辜负了那颗垂竭之心的企盼，从而铸成这绵绵的遗憾呢？

那时候，我是知道爷爷身患绝症的。然而我回去看望他，仅仅有一次。而且是匆匆的，仅仅在他身旁，度过一个于今想来仍使我深疚的夜。

当时，爷爷的咽食，已经相当的艰难。他说他是得了那种病了，我说不会的，不会的，你强着吃点吧。但他看着自己在土地上匍匐一生种出的金的玉米金的谷子金的小麦却眼巴巴食咽不下，看着自己舍不得吃舍不得喝积攒的粮食终于是想吃也舍得吃了却吃不下去，你知道他心里的滋味吗？但是，爷爷似乎很平静。他说他得了那种病了，没治了，只希望我记住那些曾经属于我们家的山里的土地。于是，他一边让我像儿时一样为他挠背，一边给我讲着那些反反复复的土地的故事。而我给他挠着背，那土褐色的宽宽厚厚的脊背，又使我想起了我小时候看着的他在土地上耕耘的时候。我曾经看着他高高地举过头顶，重重地刨进地里，橛头上的泥土扑娑娑落在背上；我曾经看着他躬耕在发烫的坡地，颤抖的空气中，阳光狠毒地在他背上舔起了白皮，而他依然任阳光烤炙；我看着他累了困了便五体投地在田埂上一躺打出深深的鼻鼾；我看着他如惜家珍般地把秋土翻得湿润润绵腾腾像肌肤一样富有弹性……我觉得，爷爷的脊背就是一方富土，一方宝地，在那里生长了爸爸们、姑姑们和我们；这背上有养分，有阳光，也有泥土……然而不知怎么的，我在他脊背上挠着，挠着，渐渐地，手指近似于摩挲。爷爷说，人长大了，怎么挠劲反不如以前了。我说，我刚刚剪掉指甲，秃指自然不如以前。那时，假如爷爷知道我是怕他背上的皮屑陷入指缝，是心理上感到他那实际光洁的背上仍似有土垢厚积，他会多么悲哀呀！而假如我当时就觉出我的不知是有意还是无意的念头是对爷爷的背叛，是不可饶恕的卑鄙的话，我会如何地无地自容！然而，我竟没有觉。而且竟心安理得地睡后，把爷爷留给姑姑，回到了我寄生的隔绝了泥土味也隔绝了淳朴之爱的城市。

而当我再回到故乡再回到爷爷的身边时，他已经关闭了他的灵魂的窗户，关闭了他的爱，他的情，他的希冀的大门。我本来是早接到爷爷病危的电报的，天知道，我怎么就想到了那句名言而迟迟没有归去。而等我接到噩耗匆匆归去时，爷爷已经躺进了他尚能在土地上腾踏的时候早已打好的棺材。爸爸告诉我，爷爷在弥留的时候，神志依然清楚，他久久地不咽那口气，催促着家人到村边铁路去接我，他说我已经下了火车，已经往家里走着。妈妈告诉我，爷爷病危的时候，一遍又一遍地问询我，问我找上对象没有，为什么不把媳妇领回来让他看看？姑姑告诉我，我上一次从家里走后，爷爷就没停念叨我，他总是坐在炕沿上，从窗上探望着，说快去开门，快去开门，平平回来了……呵，爷爷！爷爷！爷爷！你爱你的长孙如爱你自己，你想你的长孙你相信长孙也像你想他一样想你，可你的同你生活在一起最长，享受你的爱抚最多，烦你操心最大的孙子，竟让你带着最后的爱走向了黄土！竟让你把最后的想念最后的期望，埋进了冥冥！爷爷，我辜负了你！

我背叛过爷爷，又辜负了爷爷。我常常隔过遥远的城市，向着那故乡的黄土和那黄土下紫色的灵魂，寄托我的忏悔。但是，我从爷爷的三周年祭后，再也没有回到那个山村。我觉得，即使我五体贴附在那座坟头，去虔诚地忏悔，心也不能有所减轻。我似乎住在一种永远走不出去的梦魇一样的情绪里，这，将让我永远地沉重。

1989年9月29日于太原新建路斗室

老屋和我的姑姑们

老屋,是永远地寂寞在故乡的山坳里了。离开它的人也许把它带在了心里,而实际上,留给它的,是长长的沉沉的孤独。

这是老屋未曾想到的。它未想到,那些曾经在它屋宇下过着温馨的生活,在它长着梨树和石榴树的青石小院里晒了谷子晒玉米的亲人们,会一下子全全地离开了它。尤其是同他在一起生活最久、相伴最长的我的姑姑们,会出于绝对的感情、绝对的好心,不愿再回到它的翼下……

想起来,那一切,发生在爷爷去世之后。爷爷是一个典型的北方农民,当他把年轻时候就用全部的劳苦换来而年老之后又年年月月看着想着念叨着的老屋以及老屋囤着的粮食彻底留给后人的时候,不知他想到没有,他的后代——我的爸爸姑姑们和我们兄弟,不是为难惆怅于遗产的分割,而是为整整一座小院一座老屋由谁来居住而生出了深深的苦恼。

当时,爸爸说,老屋,让小姑住吧。因为,小姑同爷爷在老屋居住得最久。在我们大家相继离开了爷爷之后,便是小姑一个人,一边上地,一边陪伴爷爷,以至于韶华大逝了才想起结婚。而婚后,又是一边拉巴孩子,一边伺候爷爷,终使她不该佝偻的肩背,过早地佝偻,不该憔悴的面颜,过早地憔悴。爸爸说,姑父婚后实际并没成个"家",在这儿住下去,老屋就是他们的家了。

然而，小姑却轻轻地说，她不住。

爸爸说，那么，二姑居住吧。二姑嫁在了离故乡不远的村庄，可是交通特不便。二姑常来看爷爷，看一次，爷爷说一次：全家五口住一眼单孔的窑洞，窄巴，挤杂，处个大杂院里，连个做厨房的地方都没有。可他又没办法。爸爸说姑父常年在外，回家挺费周折，如果住了老屋，宽宽一座宅院子，四合六间屋舍，下了火车就是家，少了许多的累。

可二姑说，她不住。

那么，大姑住吧。爸爸把最后的希望交给了大姑。大姑是早已出嫁了的，在我还不知道什么是出嫁的时候，大姑已经离开老屋。婆家离老屋比二姑还近，但大姑不常来。来一次，冷丁里打个碗，也要颠颠儿地买一个给老屋赔上。大姑在婆家没有自己的房子，同公婆分家后，就租房过日子，时而这儿，时而那儿，到处受人欺负。爸爸说，回老屋来住，咱自己的屋，自己的地儿，何必受那份气！

但是，大姑也不住。

爸爸生气了，有些冒火地说："咱自己的房，自己的院，自己的人不住，谁住？我又不回来了，孩子们也都外边安家了，你们不住，就让老辈的房子烂掉么？"

姑姑们不言语，面有难色地沉闷着，眼神勾勾地看老屋。末了，小姑怯怯地说："父亲也不是没人了，老屋也不是没人了，能让他们这些外姓人住？"她拍拍怀里的孩子："你不回来住，孩子们也不住，烂也要烂在咱们家人手里。"

"就是，咱家人丁齐齐的，怎能让外姓人住了，不是妨咱么？"大姑二姑这样说。

爸爸绝对没想到，我们谁也没想到，姑姑们竟是这样想！在我们常年的离开老屋在外享受着城市的舒坦之时，姑姑们相继同爷爷用劳苦、用汗水、用青春韶光装饰了老屋，充实了老屋，维护了老屋，而到头来竟建筑了如此一种心理世界，把自己的子女、丈夫连同自己，统统算在了外姓人头上。是否姑姑们从出嫁那一刻起就觉得自己对老屋仅仅有一种义务而没有一分权利呢？

面对如此充满感情，充满深爱也充满姑姑们认定的伦理的世界，爸爸，只有无话可说。

于是，老屋的子女，纷纷离去了。不是没有一点留恋，不是没有一点缱绻。然而无可奈何。让人感到一种树倒枝叶散的凄凉。爸爸说，该拿的，大家都拿些，粮、油、什物，什么都可以作纪念。但是姑姑们什么也没有拿。在姑姑们的世界里，似乎从来就只有继承物而没有什么纪念品；即使本来包含着她们的心血她们的劳苦他们的贡献的一米一线，也全留给了老屋和她们观念中的应该继承老屋的人们。

于是，老屋就关闭了，关闭了曾经有过的温馨，也关闭了爷爷有过的梦。若干年后，当我们知道老屋的墙皮在越来越剥落、老屋的房檐在越来越破敞、老屋的什物在越来越丢失、老屋的粮食在越来越腐烂的时候，我们也知道了，小姑姑随姑父住在矿山依岩而筑的一间简陋阴潮的"房子"里，吃着高价粮，喝着空山水，忍着疾病的痛苦，终于为姑父生了个儿子；二姑一家五口仍挤在原先的小窑洞中，苦思着、谋划着如何筹款措钱，给越来越大的儿子碹孔新窑；而大姑，不幸的姑父在矿上暴殁之后，她用姑父有数的抚恤金和自己多年的积蓄，在村子里买了一套旧房子，准备给远在矿山的儿子娶亲……

老屋，它眼巴巴看着自己近在山前的女儿们苦苦挣扎，却无能为力；它用它深厚的氛围熏陶了自己忠诚的女儿，却使自己长久地陷于深重的凄凉，只在漫漫时光中牵动着隔在重山之外的儿子孙子遥遥的沉重……

1989 年 11 月 29 日于太原新建路斗室

走过时光

那片绿绿的谷地

在黄土地上生活了那么久的童年,我自以为是农民的后裔,自以为从小在祖父的土地上爬滚过,扑打过,便以为是无愧于农民的人了。但是在我后来于父母那里经历了城市生活再返回那块土地之后,土根说的那句话,使我吃惊地感觉到,我是无可辩驳地属于背叛了农民,也背叛了我的祖父的人。

现在想起来,黄土地上的好多人好多事是在渐渐忘却,然而留在记忆里的,似乎就数那片褐褐的绿最是深刻。

那不过是片绿绿的谷地,生长秕糠也生长小米的谷地。当我走进它的时候我感觉它同其他的谷地没有什么区别,一点也未曾感到有什么日后会记住它的必要。或者说,我当时要不是在凉凉的柿树下看着土根在颤抖的空气中光着脊背背着喷雾器于海海满满的谷地里喷洒得太久太累,我绝不会走进那片谷地。我当时是有些可怜土根——虽然现在想起来事实上是土根一直在可怜我,但我当时确实有些可怜土根。在那凹山地里,自从队长发现吐穗的谷子生了虫而把它交给我和土根之后,他就一直未让我背负一下沉沉的药桶。我知道,土根能受是有名的,但那些天里看着他总是在齐肩深的谷地里游着,喷着,油渗渗的臂膀被锯似的谷叶划得满是血线,而且想到他将光着臂膀一辈子忍受山地的煎熬,我竟隐隐地感到他有些可怜……那时,我就这么想着这事，从他背上夺下了喷雾器，然后，走进那片谷地。

我走进那片谷地的时候，我并没有十分看重这谷地，并没有像土根那样整日沉重地骂着虫子，骂着谷叶，甚至骂着山地和骂他将在山地里滚爬一辈子的命运。我完全是淡然地走进那片绿谷地的。因为，那些天里我已经认定我们的喷洒对于虫是毫无效果的。我看着土根喷过药的地方，两寸长短的绿虫不过扑扑地从谷棵上落下，然后仍在起劲地蠕动，起劲地攀爬，我认定那虫还将一如既往地爬上谷叶。所以我只是举着喷雾器，直直地，从这头走到了那头。我没有像土根那样前前后后左左右右极细极细地喷。我觉得那些喷到的地方和没喷到的地方，甚至土根喷过的谷地，一样仍会是虫子的世界。既然如此，那么土根的诚实和他的极其当回事的举动，不是近乎愚钝么？……记得，在我就那么无所谓地走完那片谷地之后，土根竟瞪大惊诧的眼睛，半天，才问："这么快，就完了？"我当时只是淡然地笑了笑。我没有说话。因为我以为，以他的愚钝，断然不会相信我的认定的。

然而我绝未想到我的认定会在若干天后被突然粉碎。我和土根是被人带着极其神秘的表情叫过去的。那时，队长铁青着脸把一把绿挺挺光秃秃的谷茎摔在土根面前，山响地吼着："看看，看看，你们看看！这是谁干的？！"队长极其准确地说出了那片谷地。我的心倏地一阵收缩，感到相当蹊跷相当茫然。土根定定地看着我，又定定地看着队长，说："我们都喷过了，喷得极细！"……我记得队长是号叫着扑过去的。扑过去就红着眼揪住土根的衣襟,狠狠地狠狠地揪起,叫着:"你去看看你去看看你去看看!"然后,嚓地把土根摔在地上,就像先前摔那把谷茎。

我没想到,那片谷地就真的成了那样子了,整个一片光秃秃的,只有挺着的绿茎,叶面全被食去,同所有土根喷洒过的谷地的浓绿相比,那稀疏,那寒碜,我绝对无话可说。当时,我是紧跟着土根的屁股跑向那片谷地的。我感觉,在路上,土根也没有完全相信队长说的是事实,至少不相信有队长吓唬得那么厉害。但是当看到那片谷地远远不是队长手里几棵谷茎那么简单时,土根突然地疯了。他呼地扑到这边抓住几挺谷茎看看,然后,猛然长啸,拥抱一切似的扑倒在谷地上,哭了。他的手死死地抓住黄土,深深地抓住了谷地……而我,看着满地的狼藉,看着他的痛苦,我只有深深的悔痛。当时,我始终弄不明白,为什么土根以其愚钝相信药水是顶事的而事实也恰恰证明他的老实是对的,而我自以为精明地认定药水不会顶用的时候恰反证明我所谓的精明是错呢?……久久,我懵懵懂懂又清清醒醒力图劝慰土根些什么时,他才像发现还有我这么个人,于是扬起沾满泥土的手掌,发狠地朝我盖来。他吼道:"滚!滚!你这忘本的家伙!不知道我们农民只有这是活头吗?!"

我原只知道这个喜爱骂骂咧咧的土根,平素数落自己也数落着他的黄土地的时候,表现着对他生存地的极大不满。却不知,他情感深处,其实对他的黄土地,有着难以解脱的爱恋。而我,也是自幼生于土地长于土地写着土地赞美诗的农民的后裔,可我怎么就像他说的那样,成了"忘本的家伙"呢?

这事已是许多年过去了，但一想起来总使我愧疚。我老觉得我做农民时失去了农民最珍贵的感情，不做农民时又总想着做农民时的事情，以至于我后来老长时间总询问着土根的音讯。我知道，那片绿谷地的事故，最后只由土根承担了责任——尽管我坦率地承认那是我干的，但是土根仍被扣罚半个月的工分之后，又被派去修了水库，而我，则重新回到了我的城市。后来，听说修完水库后要有一些人留作民工，但土根坚决不留，坚决地回到了他的山地……我想，那山地，该不是他魂牵梦绕的归宿吧！那么，对于我，那山地又是什么呢？我想，我无论如何是不会回到山地去了，但我无论如何不会忘记那片山地。我会深深地为那片绿谷地而惭愧，而懊悔，而不安，直到生命将尽……我这么想着的时候，我终于发现，我即使远远地脱离了黄土，我即使久久地生活在了都市，但我的骨子里、脉管里流动的，仍然是农民的血液……

1990年9月19日于太原新建路斗室

乡土感情

想念老屋。想念乡景。想念那片厚厚沉沉的土地。

不是因为城市的住宅狭隘才想念老屋，不是因为城市的风景单调才想念乡景，不是因为城市的生活飘飘摇摇才想念那片厚厚沉沉的土地。而是忘不了。永远忘不了。从骨子里头血液里头灵魂里头永远忘不了。

这是我所未曾料到的。少年时代我从城里回到乡村又从乡村走向城市的时候，我未曾想到多少年后我会魂牵梦绕地思念着乡村。这也是祖父未曾想到的。多少年前看着儿子从故乡走到城里孙子从老屋走向城市的时候，他无兴奋也无悲哀静得出奇的表情，肯定认定儿子孙子的土地缘分是从此便割断了。可他哪里想到多少年后他的后代会在时光的流逝中不竭地思念着埋他的乡土和他留下的老屋，而且明知不会归去却思念愈加强烈。他哪里知道他的血液在流向城市两代之后那血液的源流其实仍然坚固地深植于浓稠的乡土血缘。

确实是为那片土地牵念得太久太久了，以至于成为一种无形的甚至无感觉的重负。虽然我每每回到父母居住的小城，我们都尽可能不谈关于故乡的什么，但那种不言之中的默契，终抑制不住惆惆怅怅的乡土话题。总是说，要不老屋卖掉罢，长久下去也不是事呵。可是，卖掉老屋又怎么样呢？卖掉老屋就能摆脱那黄色的思恋么？卖掉老屋就能超越沉重的感情么？或者，即使摆脱了超越了，就能够脱得净灵魂深处骨肉之间与那片土地的潜在联系么？

我不能够。我在城市生活了多少年之后，于城市的黄昏里，我老像坐在故乡老屋的门洞，透过袅袅的淡淡的炊烟，看牛羊散漫在山岗和山岗上有漂亮的姑娘们走下，我老是想着我和乡亲们脚踏黄土头顶黄土在黄土间拼命流血流汗的日子，老是回味乡间的窝头乡间的酸菜和祖宗们吃了多少代的粗米淡饭……正是把情爱、血汗和生命里的某些东西洒在那片生你养你的厚土上了，所以才走到哪里都走不出乡土的牵系。于是，我深深理解了，为什么那些在外面奔波多年的男人和女人，在晚年或及近晚年的时候要回归故里，为什么那些游居海外的穷人和富人，不远万里回乡探看总是泪水涟涟地捧起一抔黄土，为什么那些直至生命终结都见不了故乡的人们，死后也要把骨埋进眷恋的乡土……也许，人们在当初义无反顾或者难舍难离从乡间走出的时候，冥冥中其实已注定一种走不出的归宿。

那么，我们又为什么要离开乡村走向城市呢？是古希腊诗人所讲"人生幸福的先决条件是出生在有名的城市"，因而城市成为魔一般的诱惑么？虽然，人在城市的席梦思上的瞬息销魂时光同乡村麦穗垛上的瞬息销魂时光本质上没有什么区别，但人们毕竟向往城市。就连我的祖父曾迷狂地寄希望于我的继承而给我千遍百遍地讲述他的房产、地亩和树木的故事之后，面对我的城市情结，也一反惯常地以惊人的冷静做了默认。但是，多少年后，我在享受了城市的高楼、街道以及现代式电气化之后，我像许多人一样，并没有成为纯粹的城市人。就像我的父亲多年以前在城市的市场上购买香皂还在用异常经济的目光挑选香皂嵌字部位的深与浅，我直至现在在市场上买东西仍脱不掉自乡村带来的狐疑和判断。见到男人远不能豁达，见到女人远不能潇洒，走进豪华之地或者故作清高或者过分局促，远远做不到从容自然宾至如归。我于是不得不在心里或者在嘴上明确地承认，我在很大程度上仍然是农民。

我甚至不得不承认我生活的城市里许多城市人实际上也仍然是农民。其证明也许就在于他们有着农民的习俗农民的意识农民的思维方式却恰恰害怕人称其像农民。其证明也在于他们有着农民的怯弱农民的狡黠农民的粗豪或者朴实，却又恰恰鄙视着农民。所以我偶逢如此劣根地讥笑农民鄙视农民的时候，我毫不客气不无自豪地宣称：我就是农民！我有着做农民的祖父，我有着作为农民儿子的父亲，也有着彻头彻尾的作为农村的故乡！而这宣称，也许又一次证明了——我是农民。

但是，我的后代已经不是了农民。或者说，作为农民的东西，在她身上正越来越多地消失。以至于老师命题而画"我的故乡"时，她已经画不出了自己的故乡。我说：你不想故乡么？她说：故乡在哪里？是平定吗？她说出了父母居住的小城，我说了另外一个村名。她却说：我没见过，怎么会想呢？是的，她没见过我的魂牵梦绕的故乡，她没见过我的远在故乡的老屋，尽管她的血脉完全来自那个地方，尽管她的祖先永远地埋在了那个地方，但她已经不去想念。不是说忘记故乡就意味着背叛么，那么原本就没见过故乡呢？没见过故乡，便没有了绵远的思恋，也便没有了沉重的情感，我不知道是该为之而悲哀呢还是庆幸。

我记得曾在什么地方读到，日本的一个什么乡村，村子很穷，便在穷的基础上出卖"原始"——在树上筑巢而居。很快，厌倦了现代生活的城市人便纷纷涌来体验另一种生活方式。后来，这个村庄用城市人送来的钱盖起了高楼大厦，城市人却一个也不来了。城市人说，这里已经同现代城市没有两样了，城市人还来这里干什么呢？我还记得后来读到一份著名的报纸，说中国的深圳特区，乡里人已不愿去做城市人了。在那里，原先向往城市的人们，不再向往，原先走向城市的人们，正纷纷归去。因为，那原先土色的乡村，已经全然一派现代化城市的风景，乡村人又有什么必要非得奔向城市呢？

如此，乡村和城市的界线正在消失，我不清楚城市人和成了城市人的乡村人的乡土感情是否也在消失，不清楚其乡土的血缘乡土的灵魂是否也如乡村易为城市般地陡然升华断然跃变？而且，我弄不清楚我的乡村我的老屋我的匍匐在黄土高原上的村村落落什么时候能够走向城市和成长为城市，而我的城市中如我一般的城市农民，什么时候才能够变得更加纯粹。

我不清楚，但我相信我的后代们会清楚。那也许是在我的思念我的感情消逝之后，也许，是在我的远在乡间的老屋永远地消逝之后。

1992年10月14日于太原上官巷家里

远去的年

过了多少个年了,但我唯独记忆着的,是童年的年。

而今,许多人都说,这年,越过越没意思了。那么,我记忆中的童年的年,有什么意思么?

童年的年,是在乡村里过的。而乡村的年,是进了腊月,就有了过年的意思,或开启了过年模式。

腊月里的年味,似乎是我多少年都不曾淡漠的,且是一种具有仪式感的年味。那时候,爷爷和姑姑们将炭火烧起来,要做年品了。那个过程,红红火火,热烈而醇香。

做豆腐是爷爷的绝活。爷爷将黄黄的豆子磨成乳黄的豆泥,将乳黄的豆泥煮成乳白的豆浆,将乳白的豆浆点成雪白的豆腐脑,将雪白的豆腐脑哗啦啦浸入豆腐包里,包着包着,然后,慢慢展开,一方白白嫩嫩的豆腐露出脸来,顿时,满院弥散了豆腐的鲜香。撒枣糕呢,是爷爷和姑姑都做。总是将金金的黄米面和玉米面搅拌在一起,然后将一只大甑蹲在火上,蒸气起来了,撒一层金黄,铺一层红枣;蒸气又起来了,再撒一层金黄,铺一层红枣,蒸蒸撒撒直至甑满。金红金红的枣,似无数的眼睛,看着你的馋。蒸馒头则是姑姑们的手艺了。洁白的面粉在姑姑们手里和着和着,变成了圆圆的面团,圆着圆着,变成了胖胖的馒头花糕,姑姑们将热腾腾的馒头花糕摆在金黄的箅子上,然后点上红点儿，浑圆闪亮的白，热气喷散的香，倏然间消解了你压着的急不可耐的等待。

童年的兴趣似乎不外一种馋涎的躁动。而今想起，爷爷姑姑们将年景的收成做成年节的美食的时候，那做的过程，实际具有了一种庄稼人的神圣的仪式感的。我那时虽然无意于这种仪式感，然而我其实是已经浸入在这种仪式里了。

年节的氛围，无疑是我印象最深的氛围，而且那种氛围感，极具玄冥色彩。往往是在贴春联剁饺馅的序曲里，人们正式进入年的仪式，仪式氛围，虔诚恭敬，神秘而喜悦。

除夕的傍晚，祭神祖，是这神秘最浓的时候。在"天高悬万星，地厚载万物"的天地爷土地爷神龛前祭拜之后，神祖挂起来了，等于把祖宗爷接了回来了，上供，点蜡，烧香，摆上馒头花糕，点燃老酒，焚烧色纸，在幽幽昏昏的烛光里磕头作揖，影影绰绰的，极迷幻。而就在这时，孩童将早早备好的鞭炮拿了出来，零星地点燃几颗，说是要在熬到半夜才放的，但总是熬着熬着就睡着了，一觉醒来，夜空里已经噼噼啪啪炸开了锅，赶紧一骨碌爬起来冲出去，点燃自己的鞭炮爆竹，融入漫天的乱响。然后，就进入拜年了。拜年是要磕年头的，而磕头其实最具诱惑。因为可以挣压岁钱，挣了压岁钱可以买鞭炮，买了鞭炮等于延长了年。在祖宗爷前磕个头，喊一声爷爷奶奶，爷爷奶奶便就从兜里掏出来毛票，那寄托了祝福的压岁钱，便成为孩童手掌里满满的喜悦。

这样的仪式，在我，当然仅仅是一种游乐的迷醉了。仪式里代际之间的伦理与天人之间的道理，农人们敬畏天地敬重祖宗敬爱后代的情愫，是我在这种仪式已经久久远去的时候，慢慢体悟出来的。然而，都已经背离得遥远了。

那时，年节之间的落雪，大年初一下大雪，正月十五雪打灯，则会成为年节最宏大的仪式。几乎是举村出动，简直是人与天地的大拜年。那情那景，热热闹闹，壮观而辉煌。

年节的雪晨，总是由扫雪开始的。人们冷不防打开门，哦，落雪了！看着厚厚覆盖的雪，似乎雪的梦还没做醒，便拿了笤帚轻轻地扫，左一撇右一捺，扫着人字，劈开道路，直扫到与邻居碰面，脸喷着热气，眉眼笑笑的：这年好啊，老天爷给咱下白面了！然后，就登上了窑顶，将窑顶上的雪哗哗哗清扫。我们村庄的屋窑，是那种传统的炉渣打造的顶子，雪化结冰，会将窑顶冻酥，所以家家户户登高扫雪，成为雪年的风景。雪扫过了，家家窑顶站了许多人，远远近近朗笑着，说：瑞雪兆丰年啊！人们就在年雪的天地堆雪人打雪仗放鞭炮，大人变成个小孩，小孩变成"雪人"，似乎忘记了年饭。等想起年饭而温暖归去的时候，那些雪人，就成了红红年节里的守护。雪年村庄，一个深藏在群山皱褶里的村庄，就这样，成为铺天盖地皑皑晶莹里的一个新鲜的世界。

那样的世界，那将年节的仪式年节的神秘年节的敬畏年节的伦理融合在家道与天地之间的年，我们度过它的时候，似无以察觉无以意识，然而，多少年后，回想起来回味起来，你感觉到，你是深深地融化在那种年的内涵里了。

想想，一个世界的天空只容纳雾霾而容不下鞭炮，一个时代的世界没有了雪花也没有了浸润，年会是什么意思呢？

童年那种年节的深深的仪式感,已将你潜沉在天道人伦的亲和里了,自觉不自觉意识不意识,你都生长在根祖上。

于是,无论过多少个年,你似乎总沉落在孩童时代的年节里。

2017年2月3日于太原汾河西岸家里

第四辑　留住时光

我们与每一个人见面,其实都是与每一个"我"相聚。

生活，我赞美你

我还不会唱歌的时候，我赞美生活，是赞美香甜的乳汁、泼蜜的糖果、迷人的游戏和"长大以后"的憧憬……那是一颗天真的心，用纯洁唱着的透明的儿歌。

当我学会歌唱的时候，我赞美生活，是赞美矗立的高楼、宽阔的街道、如茵的花园和"我们光明的未来"……那是满怀美好的愿望，用幻想织着清新的"民谣"。

如今我长大了，已走进儿时向往的"未来"，我赞美生活，不再用儿歌，也不再用"民谣"，而是用一个个平凡的音符，弹奏着一支未完成的乐曲——翡翠般的帮子菜中，买到了两颗包得结实的卷心白，我会说："真好"；炊烟欲断时，拉回来一车蜂窝煤，我会说"真好"；汗流浃背地从机床上卸下最后一根轴辊，我会说："真好"；踏着自行车少用三分钟走完了要走的路程，我会说："真好"；排了长长的队买到了渴望已久的"莎士比亚"，我会说"真好"；忙里偷闲端详着无暇相陪的妻子女儿，我会说"真好"……连绵的"真好"低声低语地代替了我曾经高歌的韵调，纷纭琐碎的小事挤满了我的整个生活。有人说，这是苟安，是庸俗者对生活可怜的乞求。我说，这是生活，是我每天每日热爱着的真真实实的生活。

我是一名普通的工人。工厂是我的生活,钢铁是我的生活。早晨,我骑着自行车飞驰,怕误了上班的时间;我得赶快去加油,准备好工具,发动我骏马似的机床,叫马达唱起来,叫机声唱起来,叫厂房欢唱。我知道,虽然,这歌唱对于麻织木纺对于青铜冶铸确是我们古国的荣光,但今天,它已成为声音的污染,已远远落后于"丰田"、德国和贝尔格莱德、伦敦,然而,在这块最先文明而后来落后了的土地上,我们还需保持这样的歌唱。我们还需在轰轰噪音中劳动创造,我们还需在重重的震响里装扮自己的生活。于是,我不埋怨不颓丧,用我标准的产品赢得给祖国的贡献,也赢得我应得的奖金和升工资时合格的鉴定。

我又是一名和共和国同年龄的电大学生。奖金,不能满足我的生活;工资,不能满足我的生活。工余,我骑着自行车赶去听课,三十里的路程,半个多钟头的时间,我希望快点,快点,但总是走不尽的长街和走不尽的弯弯曲曲的公路,闪不完的楼窗和楼窗里拥拥挤挤的花卉……哦,城市的楼房,魔方似的,积木似的,鳞次栉比,我们的教室,却安排到远远的郊外。那里,刚从脚手架上卸下的,也是积木魔方似的一座楼房。但它像远浮在瀚海的一艘巨船,停泊在汾河岸畔空阔的田野。旷野的风,打着呼哨窜进楼道。寒冷,阴森,暖气还没有装好,水道还没有接通,但墙壁是洁白的,顶棚是洁白的。有沾着春天气息的苹果绿的墙围,有染着秋天色彩的橘红色的课桌,还有金灿灿的太阳的光辉,暖融融地照进教室……开窗放入天光来,确是一派光明。在这我们祖先栖息过的构木为巢掘地为穴的土地上,他们的子孙们,又上几层楼了……生活在这孕育了古国文明的摇篮里啊,我们要用粗茶淡饭哺养的辛苦,争回青春时代失去的"黄金",用我们优秀的成绩赢得国家承认的文凭,和不仅仅是文凭的,能够支撑起炎黄子孙使命的动力。

我还是一个母亲的儿子,一个妻子的丈夫和一个女儿的爸爸。作为儿子我懂得儿子的义务,当了丈夫我知道丈夫的责任,成了爸爸我掂出了做父亲的担子。三位一体的我呀,感到了生活的庄重!……黄昏,我骑着自行车奔跑,驮着一天的收获、疲倦和艰辛,也赶着做没有做完的事情:别忘了文具店关门前给女儿买练习本子,别忘了给妻子借的《当代》和《收获》,别忘了母亲叮叮过三次的一枚小针,也别忘了在"电视新闻"之前回到家中……七八平方米的小屋里,家中每个人都是主人。盐油酱醋的热情奏鸣,锅碗瓢勺的天然交响。一曲终了,女儿伏在桌上和安徒生交谈,和2000年的小朋友通信;妻子靠着被子请来冰心老人絮语,我趴在床边沉入日本、德国的经济管理……是的,漂亮,西方的现代化生活建设和日本的全套不锈钢厨具。但我们不垂涎!我们有自己的志趣,自己的理想,十五瓦的灯泡,生活都照得亮亮堂堂。贫寒吗?不,我们富有。空虚吗?不,我们充实。在自己的土地上奋斗,那种自豪感哟,真美!

我爱我的小屋,我爱我的工厂,我爱我的远在郊野的校舍,我爱我的生活。爱着,是美丽的;爱着,才能赞美。但我不是把廉价的赞美唱给繁忙,唱给拥挤,唱给低矮的房屋与污染的厂房。我赞美这平平凡凡的生活支撑着的我们的事业，我赞美这有崇高信仰做灵魂的我们的生活、我们的劳动和我们的创造。我的歌，有着不少的苦涩和低回，但是主旋律是明亮的，基调是高昂的。这是一章复杂的交响乐，这是一支艰难的有力的夯歌。我歌唱，我赞美，我赞美你啊，生活！

1983年2月15日于太原青年路斗室

灭蟑螂记

新婚蜜月，本希望幸福甜美地安乐几天的，却没想到，从刚住进新房的那天起，就碰上我历来厌恶的大敌——"偷油婆"蟑螂，我们的安乐被搅了个不安不乐。

都怪我太没准备了，只知道老家有蟑螂，而不知道这远离老家的城市也有；只知道我的新房是全新的桌椅床柜，而不知道这新房是深处在旧楼之中。所以当不认识蟑螂的妻子首先在写字台上发现了蟑螂而当作一般昆虫用手截堵时，我惊心动魄地大叫一声"躲开"！一鞋打下去，蟑螂没打着，却把妻子吓了个生气。我只得解释道：蟑螂，毒虫也。据科学家实验，蟑螂携带沙门氏菌、葡萄球菌、结核杆菌等四十多个菌种……这一来妻子害怕了，赶紧说："那快找找看吧，别让它给藏起来了。"不找还罢，一找，真让妻子说准了：写字台下，藏了满满一夹缝呢；棕亮棕亮的，每个都足足有黄豆那么大。我气恼地一改锥划下去，给它抿死了几个，却也有几个贼快地跑掉。又赶紧穷追不舍，翻箱倒柜。一追一翻，更麻烦了。原来，这里的蟑螂远远超过了老家之多。在老家，也只有厨房碗柜有蟑螂蟑臭，而在这居住面积紧张的城市，我这十四平米又是卧室又是厨房的新房，食油米面保管不妥，新式家具又难免缝隙，蟑螂便尽可以放心地钻空子，放肆吃喝，安然栖息。这样，掀起床板，床板下藏着；拉开平柜，平柜槽里也是；取本书吧，书架上还有；就连我有一次创作获得的收音机也变为蟑螂的优雅居所……整个新房，成了蟑螂的世界。

蟑螂成患，把人闹得精神紧张，六神不安，坐着坐着，会神经质地瞅瞅什么地方有蟑螂。大热天，傍晚出去凉快凉快吧，等再回来，还没进门，就警觉起来。门一开，灯一亮，四只眼睛那个忙劲呀，妻子先在床上视扫一遍，我眼直往书架上瞅着。还没等我看清有没有，妻子那边叫起来了："快点，这儿有个蟑螂！"这儿还没打着，那边她又叫了："快点快点，这儿又一个……"我忙中生气，禁不住扔上一句："你自己不会打嘛！"妻子一急，害怕也忘了，一脚踏下去，踩了个稀烂……可是这样一个个打下去，何日是个尽呢？我于是烧了壶开水，调了些灰泥，朝那些墙角墙缝哗地浇进去，再塞上两团泥巴，蟑螂是一个也出不来了。但那些家具夹缝，既舍不得浇开水，又不忍心糊泥巴，眼看这伙蟑螂要幸免了，我心里那个不舒服呀……翌日醒来，赶紧去弄来了标称"三日灭绝"的蟑螂粉，堆在一片片小纸块上，像摆地雷似的在柜上、床下、书架、写字台摆了，然后静候捷讯。心说，这下你可活够了，蟑螂。没想，第一天，不见蟑螂吃；第二天，不见蟑螂醉；第三天，该灭绝的时候了，还不见有死的；再仔细看看，药粉周围却有黑黑的蟑螂便粒……这就是说，这家伙们吃过药粉之后，竟狂妄地拉了几粒黑屎，逃之夭夭了。足见那药粉之骗人！过后，妻子又急着四处打听；得知有一种灭蟑螂粉笔还挺顶用的，我便又跑了买来，沿家具底的地板划呀划的，心却不抱什么希望地想，那么一堆堆蟑螂粉尚不管用，这小小白粉笔又顶什么事呢？说不顶事，还真顶事儿，只一夜，窗台、地板、床头、桌下，全死着些蟑螂，有的，还可怜巴巴挣扎呢。如此一连几天，再不见蟑螂面了。我想，这下可要绝迹了，本宅主人可以睡个安然觉了吧？……有一夜，我看完书刚躺下，迷迷糊糊，忽听妻子说："快点，快点，这儿有个大蟑螂！"我腾地爬起来，满屋漆黑，哪里能看见什么大蟑螂！方知是妻子说的睡话。连在睡梦中都捕捉蟑螂，可见蟑螂给人的余悸是多么厉害。我有些可怜妻子了。不由得想，难道真还有蟑螂吗？顺手拉亮灯，果然，平柜上，三个蟑螂正探头探脑地忙碌着。我嗖的一下跳下床，上去就是两鞋巴。妻子顿时惊醒了，眼睛四处扫视着问："怎么还有蟑螂？——呀快，那儿！"我顺着她的手指看去，那家伙们，就像柳宗元说的蝜蝂一样，"观前之死亡不知戒"，正从门缝里鬼祟地往进窜呢。看来，把墙窟窿堵上，整间屋子放药，也还是根绝不了的。或许这整个楼道，整个楼里都是蟑螂呢。

但在白天是一个也看不见的。我问邻舍："你们家有没有蟑螂？"那个住在厕所旁边的女胖子，回头就去搬出只破木箱往地上一扣，倏地落下满地大大小小的"不法分子"。她赶快用脚踩着，一边踩一边说："你看看讨厌不讨厌，厕所窜了又到家里窜，大热天地，剩下点饭不敢不盖盖，捂上一黑夜，早晨起来全酸了。真是没治！"斜对门的二仔却不当回事地说："这怕什么？我家比你家还多哪，我就不管它。看它能翻了天！"妻子这会儿也成宣传家了，把我那点老底端给大家说："可不敢小看蟑螂啊，据科学家实验，蟑螂传播沙门氏菌、葡萄球菌、痢疾杆菌……"正说着，隔壁住的单身老陶提着张报纸出来："咳，现在让你们这么一说，什么科学呀，细菌呀，弄得人还不敢活了呢。看报上怎么登的：乌干达人爱吃湖蝇，澳洲土著专吃蚂蚁，在非洲，卡拉巴里沙漠炒蟑螂是当地人的主食……"我想，这不必否定，也许由于愚昧落后，也许由于习惯风俗，但在我们这里，蟑螂总归是害虫；不仅像盗贼一样偷吃食品，而且在偷吃时又传播病菌，甚至破坏现代化设备。我给他说："《太原日报》文摘说，1980年日本电子计算机控制的高速铁路运行线路，由于钻入蟑螂，致使运行紊乱，造成巨大损失。"没想他却说："电子计算机，你有吗？反正我是没有，不仅没有，连食油米面都没有。我是一人吃饱全家不饿，蟑螂从不光顾空室。"这老兄，也许就有些避蟑螂的穷福吧！那么，可该我们这有米有面的"富翁"倒霉了！

说也巧，正当我急愁无法的时候，偶尔在报屁股上发现了块广告：某农科院新配制的高效低毒灭蟑螂剂上市，便赶紧买来一大盒子，解了一大桶药水。一声呼喊，大胖子来了，二仔来了，满楼人都灌了去洒，只有老陶，叫灌不灌，却把鼻子捂起来说着："小心啊，不要蟑螂没药着，倒自己中了毒气。"然后，下棋去了。黑夜，在家家清扫，人人洒药，楼道楼梯厕所全用药水喷遍之后，我听见老陶哼着小曲回来了；回来之后，很快没声息了。悄没声息还没过三分钟，却又大嚷起来："啊呀，谁缺了八辈的德了，给我弄进这么多蟑螂！"我跑去一看，他正抽筋似的在地上跳着：一会跳到窗前，看见窗台横七竖八地死着些蟑螂，呀的一声又跳到门口；门口看看，也还是蟑螂，有一寸多长的，有棕红扁圆的，有翻着肚皮的，还有嗖嗖乱窜的，看见都恶心。原来，在大家都喷了药水之后，那些没中毒的或中毒挣扎的，企图免于一死，就逃到这儿避难。而这老兄，在食堂吃过饭又凉爽好之后，回到宿舍没拉灯就躺倒在凉席上，但刚一躺，发觉身下压破什么，用手一摸又黏又稀，拉灯看时，手上、床上、身上，都粘着些白泥泥的破蟑螂。我说，看来，你没米没面，蟑螂也一样光顾你的。只要你是人，那么危害人类的东西就免不了危及你的安康；而实际上，这些坏东西在危害大家利益的时候，也许已经包括了对你的危害……这老兄可能是觉得自己太失态了吧，他竭力从容地说："小李子，还有药水吗？看来这最后一批坏家伙，非得我收拾它不可了！"我说："药水有的是，不过消灭了这些也不是完结，以后得和我们一起搞呀！""行行行，你就快给我拿来吧！"

这老陶，以前独自安乐惯了，以为可以一直"安乐"下去，结果，让一群走投无路的蟑螂给教训醒了。这一点上说，这个乐乐哈哈的麻木之人，是因祸得福了。好事！

1984年7月8日于太原新建路斗室

走过时光

里程碑

在深秋的夕阳里,我漫步在汾河的堤岸上,我寻找着秋天的诗意。

西山延绵的苍黛之上,太阳仿佛不是太阳,而是出钢的炉口;喷出的也仿佛不是光,而是颜色,发光的颜色。它把天和山峦都染红了,红得像十月里香山的黄栌、岳麓的红枫,像南方燃烧的木棉。汾河变成这璀璨里抽出来的彩带,静静地串缀着迎泽大桥、胜利大桥,萦绕在城市的边缘。而这城市,那傍着河岸的高楼的窗口,热烈地反射着斜阳的光芒,每方玻璃变成一轮太阳,千百方玻璃,化作了成千成百的太阳……于是,楼房仿佛也不是楼房了,窗户也仿佛不是窗户,而是水晶宫,是黄金的宝库,是太阳居住的家园……

就在这美妙的背景上,远远地,我看见,两个小点儿,一个鲜红,一个银亮,闪烁着,移动着,沿着河岸缓缓而来;他们,在夕光的照映下,红的更红,银的更亮……直到近了,我才看清楚,那鲜红的,是个小孩,银亮的,则是位高大的老人。他典型的老干部式的"银"色,银灰的裤子,银灰的上装,尤其银白的头发,使人想起了霜,想起了雪。我想,他是坐厌了会议厅和小卧车的舒软之后,回归到大自然怀抱来领略这古朴的清静,或者闲得无聊了,便到这汾水之滨来欣赏迎泽落日?然而,都不像。他不像有什么安逸轻松的闲情,有的则是像他有条不紊的发丝一样的肃穆、庄重和认真。默默地,他像在眼前浑茫的空间和悠悠的时间里寻找着什么。他寻找什么呢?我仔细看看,才发现,这竟是我们大院的老仝。我禁不住向他急走几步,可他那神情,依旧迟钝地入迷似的,以致我到他跟前了他都没理会。倒是他身边的小男孩机灵,认出了我,朝我叫着,老仝这才摆脱沉思,朝我点点头,也微笑着。

我说:"领小孙孙出来消闲消闲啊!"

老仝还没作声,小家伙已神气地否定着:"就不是,我和爷爷到这儿是看他的老战友哪!"

我有些疑惑了,四处看看,哪有他的老战友呢?老仝已收敛起微笑,恢复了原先的沉思。他慢慢从胸兜掏出一封信,郑重而微颤地递到我面前,说:"你看看,也许会明白吧!"

面对老仝的真诚,我反而有些拘谨了。我好奇地、小心翼翼地打开信,信上这样写着:

昆弟:

久未通信,近来身体可好?甚以为念。我于八四年军委批准离休以后开始写回忆录,现已写到解放战争阶段。想着"解放太原"专写一章留于后人,但是许多事情记忆不清,特别是汾河之战前后的情况不太清楚了。上月绍冲、树青到我这里做了些交谈,他们也记不清楚,所以想请你抽空来京一起回忆回忆。昆弟,我是多么想回到汾河边上看看咱的老地方啊!可恐怕不行了。我最近检查患了癌症,我想我的时间是不多了,留给后人、留给历史的这项工作,不能再拖下去了。你最好来吧,如果我写不完这章,就请你代我补上。你来时,请你到汾河边替我看看我们牺牲了的战友。大林,周同,你我是踏着他们的肩膀爬上汾河桥的,可他们都走得太早哇!

镇宇

10月8日于黄土坡

看完了信,我被强烈地感染了。我不知道怎样还给老人,不知道说些什么。老人从我手里取过信纸,说:"记不清了啊,三十六年了,那是战争,谁能记得清呢!连死都忘了,哪想到将来会写回忆录!可是记不得也得写。血,没有忘记,火光,没有忘记,那股子精神,不会忘记。就像和平的今天,这个多霞的傍晚,你将不会忘记!"

老人由深沉转而激发起一股亢奋,由和蔼转而成为一种严峻。而且,他怎么就断定,我将不会忘记这个傍晚了呢?

我望着老全耸立在夕阳光轮里的身影,仿佛看见一座高矗的碑,仿佛认识了他那我所不曾见过的死去的或活着的战友。是的,这是一座生命的雄碑。当战争的风烟滚过这汾水之滨的时候,他同红旗一同升起在这迎泽桥头,他是战斗的里程碑;当建设的大潮滚过并州古城的时候,他领着市民们建设起这城市第一座高楼,又是时代的进军碑;当浩劫的风暴降落晋阳时,他为保存这城市的总体规划而承受了几十斤的铅牌,那是不屈的英雄碑；而当他重新在这城市的版图上描着蔚蓝色的规划，挥着红色的指挥旗，或甘作人梯而把指挥旗交给青年、壮年的时候，他又是怎样的一座碑呢？……哦，这碑，站起来，是向前的旗帜，倒下去，便是长长的历史！面对他，我觉着，我确是不会忘记这个傍晚了，因为我心中正冲动着振荡起一股昂壮的气势！

是啊，老辈们过去的故事，尽管由于历史的原因，我们对之有过淡漠，但是，对于后人，对于历史，它不会被冷漠。过去之于未来，是不应该割断的；割断了，就像这河没有了桥，就像这太阳，落下去而不再有升起。

……老人别我而去了，同着他的小孙孙，向上坡走去，他们，一个鲜红，一个银亮。小孩在前，老人在后。小孩努力喊着"上，上，上"，身子还在后边，两腿已探向前方；老人躬着腰，扶着他，也应和着"上，上，上"……不久，那个小红点儿，终于升起在坡顶之上了。其时，夕阳正同山站在了同一条线上。其时，地球该是又推移了一度晨昏线吧。

古人说，夕阳无限好，只是近黄昏。我觉得，这无限好，就好在晨昏线在地球上移动的时候，夕阳，对于这边世界，它是降落了，对于另一边世界，却是升起。好就好在它即使最后一束光芒逝去，也绝不就熄灭，而是把光明的种子埋进了明天，并托着新的朝阳升起！

我视野中的一老一少，这鲜红和银亮，不正是两轮太阳吗？

1986年5月1日于太原新建路斗室

走过绿地

那片绿地,那片铺展在汾河岸畔的叫作沙大荒而实际是厚厚沉沉饱饱满满的绿草和树的碧野,他已经不止一次地沐浴它们了,他清楚地记得三年中他看到它们由绿而黄由黄而白、由白而绿的历程和那个历程给他的心的震颤。他似乎感觉到那是他所经历的由充满童年梦的绿校园而至于流血流汗的黄土地,而至于烟尘蒸腾的翻砂场,而至于这绿地之畔的又一座校园的象征或隐喻。他深为人生之野这种梦幻的复归而震颤了好久。在他经历了长长的颠沛而觉得青春荒逝路途枯漠和身心憔悴而疲惫的时候,他遇到了这片充盈着呼唤充盈着诱惑的神绿。他因为疲惫而遇到了这片绿,又因为追着这片绿而深深地疲惫。有好几次他想站在那岸上背向汾河背向夕阳然后让夕阳把他不屈的身影长长地投影在绿草地上。有好几次他想沉浸到那一片纯绿中沐浴到那一派静谧中去滤一滤焦虑的神情,然后,感觉感觉死一般的寂静。有好几次他想与自己深爱的妻子投入那亮绿之中倾听那绿草地青春的梦呓和诗意的曼语。有好几次他甚至想把他所有的本应是十八岁时而不是而立之年才啃的那些纸砖头撕得纷纷扬扬,把所有的繁忙与焦躁、追索与疲倦、困顿与坚韧抛得干干净净,然后,匍匐在绿草地上什么也不读什么也不写什么也不想……

然而所有的这"好几次"他都自己否定了自己,以致若干年来回忆着这段时光的时候,他总是深深地遗憾,他怎么就仅仅是心往神往而终于没有真真实实地把自己投到那片绿地之中去呢?想起来,那时候似乎冥冥中有一种什么在企图左右他,让他在熊掌与鱼以及其他之间做出选择,然而他没有选择,他觉得那段时光应该是他生活最丰富的时光,最热烈的爱情他不能没有,最实惠的工作他不能没有,最诱人的幻想他不能没有,最顽固的追求他不能没有……于是他就背负着这一切,风奔在积木魔方与汾河长桥之间,来亦匆匆去也匆匆擦过绿地越过绿岸,射入那座长舰似的校园之门,而尽所有莘莘学子共有的耕耘……他终于没能进入那片绿地,但是他感到他终于获得了一种实现,一种童年的绿校园和青年的黄土地以及翻砂场上曾经有过的梦幻的实现。他不同意有人说那是补偿或者追回,他觉得逝去的不可能追回,丢失的不可能补偿,他觉得他而立之年的追求和那汾河岸畔校园的生活不可能再是他十八岁的追求和童年绿校园的回归,不可能只是那种单纯的期待收获未来的播种和寄希望于将来奉献的汲取。他知道他在实实在在走过一段弯曲的岁月之后,他的实现其实是播种的同时就在收获、汲取的同时就在奉献、撷摘的同时就在创造。他不可能在单纯地获取智慧之后再等待若干年后的收获与创造。他没有时间延长这个过程了。以至于他曾经想在最后告别那座校园和校园之野的绿地的时候去深入它们亲近它们,然而也终于未能走进那片绿地。他在绿地之岸实现了他的梦想,在实现梦想的时候又超越了这梦想也超越了过去。

  时光逝去岁月逝去绿地没有逝去,来也匆匆去也匆匆绿地终未进入。然而在多少年后当他想起那段把青春、热恋和爱情一同携负着奔波于汾河绿岸的故事的时候,他是悠长悠长地欣慰了。他不再遗憾没有进入绿地。他感觉到,他的心,他的灵魂,是真真实实地走过了绿地,在走向金秋呢。

1989 年 9 月 28 日于太原新建路斗室

雪　路

这时候她已经分不清天和地了。

天和地都成了白色。

她吃力地蹬着雪路的时候，清楚自己是实实踏在地上的。在雪地上跌一跤滚几滚昏昏惑惑地爬起时，却就不知自己飘忽在了什么地方。她感到眼睛似乎也全染成白色，只觉得自己连同一切，都沉浸在冷冷的惨白之中……初进深山踏雪的新奇早已枯萎。冬的名片漫天遍野飘然而至的时候，她曾欣喜若狂地捕摄着那纷纷扬扬的晶莹对岩石对山林对原野的亲吻……等她把一枝枝一簇簇结雪如絮的高洁以及一丘丘一峦峦玉树银花的纯净收入那个黑色的魔匣之后，踏着渐至渐深的雪，凝目渐遮渐白的山野，她突然意识到，她陷入了白茫茫的困境。

焦急、忧虑、困惑、疲惫，整个儿压迫着她。她不知道向前走好呢，还是向后退更好。脚已不是自己的了，路已不随自己踏了，眼也变成欺人的魔幻。明明看得好好的路，偏偏一踩上去就绊倒了她。她就不想再爬起来了。她似乎已经无力爬起来了。

她记不清了走过多少路，总觉得一下经历了漫长漫长的她的青春之年所有冬雪复集在一起的漫长；她也不知道前面路还有多长，总觉得那白茫茫中压给她的是无边无涯的整个冬天。

饥寒、冻馁、悲凉、凄苦、孤独、死寂。她感到那惨白同黑暗实质上一样使人毛骨悚然,使人有一种末日来临的悲哀。她想着,她是不是就要永停在这里了?她知道她不能,最起码现在不能永停在这里,但她确实挣扎也无力了。难道就这样泯灭了吗?

突然,前方一点影影绰绰的跃动吸引了她。她像暗夜中看到一束火光,死寂里觅得一息生命。她振奋着疲惫,强撑着困顿扑过去,扑过去,扑过去……近了,她终于看清了,那是位老者。

老者已满身雪泥,半脸血垢。从那里,她看到了又一个自己。

她急切地问:"那边,还长吗?"

老者神情严峻地盯着她,说:"不长了。过一架山,再过一架山,就是大路。"

她感到一种激昂,一种亢奋,粲然一笑而又深忧地告诉老者:"可这边……还远着呢,你……"

老者并没有问她,也没有听她说完,又埋头行路。

她心里激荡着老者的话,浑身像生了神力。一种精神激励着她,一种希望诱惑着她,她屡爬屡跌,她屡跌屡爬……

然而,过了一架山,又过了一架山,并没有什么大路。而是一架又一架的山,一片又一片的白。但她只管攀爬。她感到几架山也无法用尽她回归的青春之力;似乎有几架山对她已不具有意义,而有意义的只是攀爬。她深信老者给她的话——再过一架山,再过一架山……终究是大路。

过了很久很久,她终于看到大路了,黑青青的路面,有汽笛自远方传来。她感到了一种超越,一种对巨大的白皑无垠的魔力般的超越。她感觉到,这后一段路她步履有力而轻松,可她清楚,那路远不止于老者所说的路程,而是比前一段更长,更远……

想着,她突然觉察到,老者告诉她的"过一架山,再过一架山",原来并非真实呵!但她告诉老者的,是完完全全的真实……可她怎么就把那样艰难的真实告诉了老者呢?

受人以希望给人以失望么?

她疲软地坐在雪地上,懊悔地回望着那巨大的惨白。

她看到,那一串趔趔趄趄的脚印,正在被巨大的白化去……

1990 年 4 月 28 日于太原新建路斗室

走过时光

我的母校

收到山西省水利职工大学的学员追踪调查函,我先是一怔:我做过这所大学的学生吗?继而想想,又一时的激动:我们毕竟在那片绿地的怀抱里走了三年的时光,完成了金秋般的学业再造。我们久久深恋过那片绿地,却似未深念过这所学校。然而这所学校却如此惦记着我们、牵挂着我们,像惦记着牵挂着长久放飞了的高远的风筝。

我顿时感到一种深深的负疚,也顿时想到那个美丽而富有诗意的词:母校。想到母校就想到一切与母亲相连的爱意与情感,想到母校就想到一切哺养了智慧、思想与灵魂的摇篮,想到母校便感到那种顿生的愧疚越加强烈。

也许就因为我们与之的擦肩而过或者失之交臂,便造成了十年之久的疏陌;也许因为太长太久的匆忙与烦琐,我们便不再关注这所学校的变迁与发展。应该说,我们来的时候,尚没有这所大学,而我们走的时候,又没在意她的到来。但就在不知不觉中,历史注定了我们与之的一种缘分。正像这所大学的校长张荷先生说的:你们可是这所学校第一批学生啊!那话语从电话中送来沉甸甸的厚爱与责怪,似穿越了十年的长长的隧道。于是我想,我们的学校老师,是怎样从厚厚沉沉的故纸中,翻检出了我们的名字?又是怎样经过了复杂与周折,找到了我们?

　　许久以来我一直认为，尽管我们真真切切充实了那段走读的时光，但毕竟也只是默默走过那片绿地的苦行者。对于那所校园，我们是不是匆匆过客呢？有谁认得，有谁记得么？那时候，本来上的是山西广播电视大学，进入的却是那片绿地包围的山西省水利干部学校。辐射面大而广的广播电视大学和涵盖面小而窄的水利干部学校，就在汾河岸畔两相结合，产生了山西广播电视大学水干校教学班，凝聚了经历特定历史时期的"农村大学校""军营大学校"和"工厂大学校"但却恰恰荒废了青春学业的一群热血青年。

　　那时候我们别无选择，为了重塑自我，发展自己，一个个男女默默而来默默而去。远远的路途，把走读的生活拉得长而又长。我曾在当时写的散文《生活，我赞美你》中写过："城市的楼房，魔方似的，积木似的，鳞次栉比，我们的校室，却安排到远远的郊外。那里，刚从脚手架上卸下的，也是积木魔方似的一座楼房。但它像远浮在瀚海的一艘巨船，停泊在汾河岸畔空阔的田野。旷野的风，打着呼哨窜进楼道，寒冷，阴森，暖气还没有装好，水道还没有接通，但墙壁是洁白的，顶棚是洁白的。有沾着春天气息的苹果绿的墙围，有染着秋天色彩的橘红色的课桌，还有金灿灿的太阳的光辉,暖融融照进教室……"三年时光，在翰墨间拼搏，于书卷中挣扎，往往把已经逝去的春华凝成深长的日夜，或者将曾经流失的白昼熬成夜晚的孤灯。也许过去于聒噪间流失了太多的珍贵，便格外珍惜书边的寂寞；也许曾经在癫狂中丢掉了太重的价值，便格外重视思考的冷静。

自然，也有默然中爆发的振动：或同学间思想的碰撞，或师生间命题的争辩，或者参与文坛现实的论战……毕竟经历了成熟，或者正在成熟，有见识有思想而不再盲从；毕竟经受着再造，或者自我重塑，有热情有心动而不再张狂。一群背驮重负的西西弗斯，就在那片绿地上默默追逐着滚动着艰辛的日月。

我想，那时是过于神圣了，精神的神圣而至于行动的神圣。当我们走出高度的精神统治时代的时候，仍然没有丢掉传统的真诚求知的精神，若圣徒之拜神，若财东之拜金。本已是社会之人，却重又选择求学之业，于繁杂中追求单纯，于紧张中炼铸心性，遭疲倦时曲肱而枕，遇困顿时寒餐而食，无悬梁刺股而坚毅，非优厚之遇而柔韧，甚至于推延爱情、家事与许许多多的筹谋，久久匍匐于书间纸间笔墨间，以汗与心血，浇铸已经晚来的成果，或者缩减再缩减与成果之间的距离和阻隔……后来，我曾在一篇《走过绿地》的散文中说过，这群人"而立之年的追求和那汾河岸畔校园的生活不可能再是十八岁的追求和童年绿校园的回归，不可能只是那种单纯的期待收获未来的播种和寄希望于将来奉献的汲取……而是播种的同时就在收获，汲取的同时就在奉献，撷摘的同时就在创造"。事实上，我们就在那时候收获了可资创作的珍贵的感受、情爱与思想，也实实在在收获了艰辛、创作以及人生的诸多启迪……

只是，当我们轰轰烈烈激辩而置身其中或者静静默默赶路而走过其间时，总是无暇瞻顾校园之颜与校园之变，无暇为母校做些什么，甚至无暇与母校做些许的亲近……以致母校由山西省水利干部学校而又至山西省水利职工大学的时候，我们竟与之擦肩而未曾留意。承天泽而忘其恩，汲母养而疏其情，我们又如何面之？也许是与生俱来的自卑，以为默默走过，便无人记得？也许是复归于尘世之利禄，因为匆匆走过，便追逐于与情相背的卑琐？也许，当我这样深深忏悔的时候，想起来那最初也是最末的酩酊欢乐，可算是我们与母校真切而淋漓尽致的亲近。

那时刻，统统搁置了书卷，统统卸掉了思考，同学相豪饮，师生共举杯。曾经的争辩化为祝愿，曾经的比拼化作会意，曾经的苦行化为甘醴，曾经的芥蒂化作宽容。握着毫无附庸毫无应酬的赤裸裸的感情，贺声朗朗，觥筹竞响，热忱鼎沸，醉意仿佛。记不起谁人提起要向老师们鞠躬，向母校致意，于是，同学们齐齐整整，恭恭敬敬，对所有的老师，对我们共同的母校，鞠躬，鞠躬，再鞠躬……庄严，肃穆。像所有升起神圣旗帜的时刻，我们胸中升起了长时间的激动。我们的老师动情了，眼睛湿润："同学们，你们毕业了……"是的，我们毕业了！然而我们谁也没有说出话来，只把眼里的泪光一挡，举杯叫道：干了！……那晚，及至很晚很晚，没有散去。同学们约定：此后不论谁去了什么地方，我们都将回归母校，看望母校……

无论怎么说，都是真诚的。无论怎么说，那段苦读而漫长的时光，对我们每个人，都是关键。但是多少年过去了，我们回来过吗？走出校门、走出省门、走出国门的，你可回来过吗？虽然，同学们到了一起，曾比在母校时更多地谈论过母校，虽然，我也曾多次在我的文字中深情地念及过母校，虽然，我们在自己的理想和自己的事业上没有辜负母校，但我们实实在在未曾践约，我们实实在在疏离了母校！如果算在我们人生感情账上的话，这是不是一种辜负呢！

而此刻，我在深切的体验中终于发现，母校在我们心中，原是藏得很深很深。我们为之愧疚，我们为之忏悔，不正印证母校深在心中么？那甚至是一种情感的相连，血脉的相连。不管母校经历怎样的变迁怎样的更迭，不管我们有过怎样表面上的漠然怎样形而下的疏离，母校之情，心当铭记！

母校，你原谅不原谅学子的疏懒，我们都将走向你，回归你，朝拜在你的面前！

1995年10月24日于太原上官巷家里

时间河

年关交替的时候，我一向是匆匆忙忙就跨过去了，早就没有了年节里停下来品品年味的逸致。匆忙已久，觉得时间过得飞快，有时竟又觉得不知过去了多少岁月。在 1996 年年末的阳光里我特意列出来两个数字：1957-1997，本想感受一下两个数字的时间落差，但当我把两个数字间的每一个年份齐齐整整地排列下来，顿时，我面前流出来一条长长的数字的河。突然间我就一阵心绪恍惚，明明白白地看到自己的生命之河已在四十年年间不经意流逝了。面对前路，竟有些不知所措。

我曾在一个时候想着这么个句子：人在二十岁是伟人，在四十岁是凡人，在六十岁是超人。我是在人生的欲望或者理想的意义上说的。二十岁的人生想什么就是什么，没什么不敢想的，没什么不敢当的。而到了四十岁，所谓的不惑之年了，其实也成了凡夫俗子，什么都实实在在踩在了地上，或者说岂止是"踩"，简直是匍匐在地上了。这时候你是车夫，你是耕者，你是老也停不下来的挑脚人；有时候也许是光着脚板走路，还得不时地清理清理路途的荆棘，然后前行。那么六十岁之外呢？人就进入另一种境界了：人生散步，无欲而行，返璞归真，超然俗外，银色的灵光悬于头顶，是乐也淡淡，悲也淡淡了。

自然，我这么说着的时候，是正处于凡人的路段。告别青春的企想与诗情之后,一个文人,以笔为犁,以笺为田,以心血滋润着文章植株,使之飘摇于世态炎凉,飘摇于尴尬的两难:痛恨官僚主义却不得不笔奉大小官僚,愤于社会不公却不得不把圆圈画得更圆,揭击人性丑恶却不得不调以温文尔雅……太累了的文笔已经无暇顾及身处两难之地纷杂而至的一己之怒。一己之怒与痛愤只得任时间之河去冲淡,唯将笔投向民众的关切。

好在1996年给了我铮亮的刚性和明澈的锐气。这一年,是鲁迅逝世六十周年,这一年,我坦直地说了几句话。我说,怯于对现实丑陋的抨击,是"晋报锐气的萎缩";我说,我们"老醯的悲哀",在于"走不出这个窝",在于"体力的勤劳与智力的慵懒"以及"自己瞧不起自己";我还说,山西人"官本位"浓重,"总想做家长",总想把现代化管辖在自己手心,而实际上,面对新世纪,"土法上不了马",比起来,"落后比贫穷更可怕",我们必须抛弃"愚人行径"。我这话是在一家报纸上说出来的。说了之后,有人写信给编辑部表示赞同,有人跑到报社去购买载有这个系列文章的报纸,报纸聘请的审读员也评价说:很尖锐。我第一次感到了直面现实的力量,第一次感到了血性文章给我的欣慰。

那么,在我新的岁月里我将何往?我不知道。我不知道我在以后的时间河流中还将游历多久,我不知道我在日后驳杂的土地上还要干些什么,但我明白,在1997年,在我的第四十一个春天里,在我的后四十年开铧的时间里,我第一件要做的事,将是买一套厚厚沉沉的《鲁迅全集》,然后,虔诚地去啃。

应该说，鲁迅的著作，我是早已有之。只是，二十年前，我离开故乡时，我把它留在了故乡的老屋。二十年以后，我再回到老屋时，书箱仍在，但著作已被老鼠咬成了碎片……我知道，当今世间，也有人想把鲁迅咬成碎片，也有人想把鲁迅精神粉碎，然而鲁迅是不朽的。正如张承志说的，鲁迅是其唯一能称作"先生"的人。李锐也说，鲁迅是"虚无之海，精神之塔"。毛泽东早就说了，鲁迅是"中国的脊梁"。我想，在历史的沉疴仍然积重，未来的路途仍然多艰的中国，鲁迅之魂，将永远是中国文人的灵魂。而且也只有这经历了时间之河的拷问与洗练的灵魂，挺直了脊梁高扬着旗帜向一切丑陋与腐朽宣战的灵魂，是崇高至伟的精魂。后辈文人，当以笔为旗，与鲁迅同行。

当然，也许我以后一直会是个不合格的卒子，但我起码会做到：不让自己失望，对得起自己生命中流过的时间之河。

1996年12月26日于太原上官巷家里

上班的感觉

陈学昭说过，工作着是美丽的。我觉得这话说得像工作本身一样美丽。《工作着是美丽的》我没有读过，但当初一看这个书名的时候，就注定我会为它一辈子感动。

工作对于我们其实就是最普通的上班，上班对于我们其实就是最勤苦的奔忙，奔忙对于我们其实就是最庸常的生活，而生活对于我们又往往是无休止的工作……一个永久滚动的圆圈，就像我们用力踩踏的自行车飞轮，总在一条土路或者柏油路上颠簸旋转得辐光粼粼。

而这条路呢，就是上班的路。

上班的路你能看到许多风景，山与河、天与地、车与楼、水与树、阳光与空气、烟雾与云彩、实物与阴影……久久看过之后，你把许多风景看得不再是风景，而只有街面飘过的少男少女，才使你若有所思心有所动感觉这世界纯美如新。当然，你也许有时看不到抑或根本就顾不得观赏风景，而只顾于埋头赶路负重前行，为衣食而奔波，为生活而辛苦，于是你匆忙的姿态本身就成为路上的风景。

上班的人总是拥有许多事情，常常如这个电话讲着那个电话又响，案头等待着一连串的工作。时间被"忙忙碌碌"撑得鼓鼓囊囊，你甚至没时间唠叨一声这个"忙"字。因为大多的时间忙在了单位,家便成了真正的"旅舍"。上有父母渐衰渐老,下有子女尚待哺养,也说工作是为了更好地生活,却将生活的重负压给了妻子。有时是真想轻轻闲闲待在家里,或者腾出时间为父母妻女干些什么,可真有时间待在家里了,真有时间干点什么了,没等干出来什么,却就又挂念起了单位。

上班的人,是不能没有单位啊!

单位常让人身心所系,单位常使人情思所至。单位是事业的天地,却远远不是人生的天堂。单位的事看似简单却纷繁复杂,单位的人看似安静却钩心斗角。单位有忠厚长者、知心朋友、耿介之士、淡泊之交,却也有奸佞小人、虚伪之徒、势利之辈。嫉贤妒能蜚短流长,挑拨离间阴谋中伤,虚伪狡诈阿谀毒箭,唯利是图蝇营狗苟,说不定什么时候将你围困。你于是抑郁而悲,忿懑而怒,奋起而击,以牙还牙。自然你有时得胜回朝乐极快极,却也时常一败涂地屡败屡战。于是你又在某个夜晚面对黑暗发誓决绝,鱼死网破刀断剑折,然而一觉醒来天光浩荡,你突然看懂了良莠混杂的人间生态。你也突然明白,以一世之心智精力与人勾斗,到头来泪眼执手惘然,实为虚茫啊!你终于现实而超然地惊悟了。你终于还是心系你的单位,尽心于你的工作。那给你爱也给你恨的单位,那让你爱也让你恨的单位,你的生命你的心血你的智慧是深深熔铸在那里了,你没有办法不牵挂。

超越矛盾而爱着自己的单位,那是上班人的一种境界,一种彻悟的境界,一种大爱的境界。当我们面对一位银发飘飘的老者,听其意味深长讲述以往的经历,那经历也许平凡而琐碎,那内容也许繁杂而无奇,但我们无论如何会为其拥有丰富的平凡而深深地感动。我们为老者拥有自己的历史和历史拥有这样的老者而深深感动,我们为历史和现实拥有无数的平凡工作者而深深感动。

而实际上,对于我们自己而言,我们也正成为这样的人呢。虽然,我们也为稻粱而谋,虽然,我们也为生活而计,然而除却稻粱谋与生活计,我们还有别的。拼命追着的,也许离我们很远很远,而且有曲折,而且有阻隔,而且穷尽终生还不知是否能够到达。但当我们看着永恒的太阳经历天地的时候,我们还同时坚信:太阳每天都是新的!夸父逐日,河渭以干,弃其杖,化为邓林!我们应为我们自己的精神,深深地感动!

1997年11月1日于太原上官巷家里

我的城市之门

人生的一些经历,只有回过头来看时,才觉得弥足珍贵。对于这所母校,我是多少年后才意识到了她对我的意义。尽管学校发给我毕业证书,曾被我轻易地剥离下照片而贴在了报考大学的登记表上,但那段学校生活,毕竟是深深地留在我的心底了。或者说,我的一截青春时光,是永远留进了那段历史。

这是我走向社会的第二个驿站,却是我走向城市的第一个驿站。我从小城的中学走向农村,又从农村走向城市,这所母校,是我命运之中的城市之门。作为中国 1970 年代最末一代的"插队知青",我带着乡村的泥土走进城市时,我在这里最先读出的是金属的声音、机械的形状及其工业世界的气息。

我置身于嵌在工厂的学校,实际是置身于工人的摇篮。我看着从工厂走来的老师和已经走向工厂的学生,我看着同在摇篮的城市女孩和城市男孩,眼里只有远远的陌生,并且久久走不进她们的城市故事和那些关于城市职业的话题。不是我听不明白城市的话语,而是农民的经历使我根本就无法追求职业的讲究,而书香的熏陶又使我超脱于职业的筹谋。不是自卑也不是清高,而是实实在在地知道,无论什么职业,都占据不了我的由少年而来的一片自由的天地。

那时候我们坐在课堂或是站在学校的窗前,总是感受着来自工厂的钢铁的撞击或不远之处的金属结构的缓缓起落,而感受着这一切,我就禁不住一种诗性的激动。于是在数学课上草拟着诗稿、在制图课上构思着故事、在工艺课上写作着短剧,更把所有的课余编织成文学的彩梦。渐渐地,我的涂鸦变成了学校墙报上的诗、工厂舞台上的形象和城市报刊上的文章,我让枯燥数算、机械制图与钢铁结构的夹缝里长出了绿草。多少年以后,我由学校而工厂、由工厂而机关、由机关而报社做了记者,出版了书,我的妻子——那个晚一届进校而进校之初就让我心旌摇荡的女孩告诉我,就在那个时候,就在工厂的饭厅里,她的同伴曾在一群叮叮当当敲盆敲碗的男生中,把我指给她看,而我,竟然傻乎乎什么都不知。

说实际,我把来自乡村的生命之树种植在城市的土地,不是为了职业而是为了寻梦,工业的母校提供给我的不是纯粹的技能而是文化的机遇。我知道这绝对不是母校的初衷而是我的初衷,所以我总是为后来一直没有成为一个真正的技术工人而深感歉疚。我常常扪心自问:像我这样,究竟给社会提供了什么?这不是因为我至今不能做成一件物质生产的实际事情,而是因为我后来在了工厂和不在了工厂的日子,都未曾想到要做成一件实际的事情——哪怕是独立车削一个工件,哪怕简单生产出一件产品。出于工业的母校而未能成为一个物质产品的提供者,无论如何,我愧对母校。

而今,我主持着一家环境新闻机构的编采业务,我夜以继日把精神产品提供给社会的时候,我深知我的劳作中蕴含着来自母校的养分。虽然母校的专业未曾吻合我的志趣,虽然母校的功课没有通向我的工作，然而，母校的文化氛围，以及母校所在工业环境的特殊气息，是早已融进我的思考我的创作了。而那影响，现在想起，居然冥冥之中暗合了我多少年后从事环境文化建设的一种机缘。那时候，我曾面对工业城市黄昏的景象沉重地写道："车辆蹒跚，噪音阵阵，已成为当今大地的耻辱，浓烟滚滚，冒充彩云，只会把未来的天际熏脏……"我不明白是二十年的时间太短呢，还是我们城市的过去与现在仍然存在于同一个历史时态，看着走出母校时写下的句子，却感觉恍如今作……

多少年没有回过母校了。学生自然是换了又换，老师，据说也换了不少。而我们同学之间，自走出学校，有许多就没有再见过。听说数年之前，班上搞过一次聚会，不知是未曾通知到呢还是根本就没有通知，作为早希望同学聚会的我，却终究未能参加。而参加了的同学后来告诉我："不去也罢，没意思了。多少年了，天各一方，各自有了各自的事情，已经没有了共同的语言。"据说，还有的同学，是请也不去，因为，这些请不去的同学说了："如果不是这所学校，我本来会是另一种样子！"

听过之后，我久久地怅然。

我们本来会是什么样子呢？借着这个话题，我试着去推想，结果，我们每个人都可能会是另外一种样子。然而，那毕竟只是一种可能。当我们经历了现实的人生之后，探求一种可能，自然有其实在的意义，但自恃这种可能而傲视历史，是不是有些虚妄甚至自欺欺人呢？

我是深记着母校对于我的意义的。我的城市之门我的事业之门我的爱情之门我不能够忘记。我的人生中最理想的一段青春定格在那段历史中了，我的奋斗中最纯真的一分心血融化在那片校园里了。我没理由不珍惜母校也不珍惜自己，更没有理由背叛母校，也背叛自己！

1998 年 5 月 22 日于太原小东门家里

黄鹤知何去

地方环境报的绿旗到底还能打多久？中国地方环境报南北同仁在世纪末遇到了中国革命在井冈山时期遇到的问题。2000年12月初，这群绿界报人在武汉蛇山上看着翘翅欲飞的黄鹤楼，心里想的，却正是这个问题。

崔颢说，昔人已乘黄鹤去，此地空余黄鹤楼。毛泽东问，黄鹤知何去？

千年一问，谁也说不清了。黄鹤一去不复返，白云千载空悠悠。黄鹤楼，只留下了永远飞动的样子。

它是不是在追思黄鹤飞去时的姿势？

那么地方环境报呢，归向何处？

这群绿界报人，是向黄鹤楼寻找答案来了。

一层层地登上古老的黄鹤楼，一群同仁并不轻松。湖南老邓——这位曾经参加过全国地方环境报首议聚会的邓延陆先生，他告诉我，武汉，正是全国地方环境报刊联谊组织诞生的策源地。十六年前，地方环境报的五六位老总首聚武汉，就在黄鹤起飞的地方，为了全国地方环境报的生存与发展，形成一个决定：成立地方环境报联谊组织，每年一次聚会，把地方环境报刊壮大成一支全国力量。从此，就有了全国地方环境报刊的年会。前十年，叫"全国地方环境报刊研究会"；后五年，演变为"中国环境新闻工作者协会全国地方环境报专业委员会",至今已经十年有五。

湖南老邓说的,许多人已经不知道了,虽然这是全国地方环境报共同的历史,但毕竟许多人不知道了。我们所知道的,是进入1990年代,全国地方环境报也进入鼎盛时期,最多时达到七十多家,创造了20世纪末中国环境新闻的独特风景,成为中国环境舆论监督的一支劲旅。珠江环境报之于南国海域污染的曝光,重庆环境保护导报之于长江生态破坏的挞伐,湖南环境保护报之于采金狂潮的抨击,山西环境报之于中国最大的土焦王国的取缔……都曾是先锋和战士,创造了绿色奋斗的辉煌!

然而,谁也没想到,环境违法行为没有消灭,环境先锋力量却给瓦解了;环境的敌人没有倒下,环境的战士却倒下了;环境污染没有驱逐,环境报刊却离散了。东鲁泉城山东环境报的划转,西域沙线生活环境报的并归,北国雪地吉林环境报的消失,南方沿海宁波环境报的停刊……就像作家哲夫说的:"最终使之倒下并遭受退出与污染面对面较量阵地的致命打击,不是来自敌方,也不是堡垒被从内部攻破,而是来自一道上头的一刀切命令。泼脏水泼掉了孩子,委实是帮了污染者的大忙。"

那么,这世纪末,真是地方环境报的末路么?

绿界报人再聚武汉,还能振起全国地方环境报的雄风么?

站在黄鹤楼上,一群报人,毕竟是书生。仍然寻找着晴川历历汉阳树,芳草萋萋鹦鹉洲的古老意境。然而哪里寻得到呢?夕阳西下之中,现代都市的烟雾正把长江汉水锁于一片迷蒙,隆隆不绝的噪声将远近的空间连成一个巨大的共鸣器,江城,已迷失了曾经的诗意的家园。那依稀中的江汉，已不是曾经的江汉；那喧嚣中的江楼，也不再是曾经的江楼。

日暮乡关何处是，烟波江上使人愁。为中国环境烟波而忧患的地方环境报，你能找到自己的故乡么？

又是湖南老邓问话了："知道这楼最大的特点是什么吗？"

一群人就用眼睛拷问这"黄鹤"。

我说，最大的特点就是没特点——失去了传统建筑的特点，不用一根木材。果然蒙在了老邓的谜底上。拍拍大厅的巨柱，水泥的；敲敲楼梯的栏杆，水泥的；又摸一摸古色古香的窗棂，不是水泥的了，是铁的。完全的现代建筑，不再是古老的砖木结构。一群人果然就在三楼看到了唐宋元明清及今朝的黄鹤楼模型：唐代的敦朴豪放，宋代的高拔旷阔，元代的博大辉煌，明代的锦绣典雅，清代的雍容华贵，今代的气势磅礴……今日的黄鹤不是往日的"黄鹤"了，却又似往日的"黄鹤"。

地方环境报呢！也许不再是曾经的地方环境报，但毕竟还是行动着的地方环境报。

我曾经想象地方环境报的这次聚会：溃不成军么？气势衰微么？流沙四散么？看来是我估计错了。完全不是那样。世纪末不是地方环境报的末路，再锋的刀刃也切不断地方环境报的脉络。这群绿界报人所有的忧虑、焦灼、恼与怒、忿与烦、躁动与喧哗，都只为一个信念：在危难中坚守我们的阵地，在黑色中张扬我们的绿色。就像冰城哈尔滨环境报老总发给会议的贺电：环境报的灵魂还在，我们的事业不会停止。

人为的因素可以结束许多事情，但绝对结束不了忧患之心和战斗精神。地方环境报同仁的聚会，使我想到了夸父逐日的故事，想到了女娲补天的故事，想到了精卫填海的故事……就像陶渊明的诗句："刑天舞干戚，猛志固常在。"

黄鹤知何去呢？站在黄鹤楼上我终于明白，黄鹤就在我们每个人的心中，黄鹤就在我们每个人的手上。地方环境报的再度腾飞，每个绿界报人都是她坚毅的翅膀！

2001年1月18日于太原小东门家里

与每一个我相聚

我匆匆忙忙地，追赶在回乡的路上。不是因为与约定的时间将晚到一个小时，而是因为已经与曾经在一起的时间相距四十年了，是迟了晚了误了远了已经四十年的时光。

那些日子，我一直被一种情感煎熬着。一直期盼着这个日子，也一直惶恐于这个日子。是近乡情怯，近人心怯。毕竟，已经过去四十年了，同学们见了面，还会认识么？

但是，见面，凝视，相认，问候。一切，又归于释然。

我突然感觉，还认识的，不认识的，似认识非认识的，我们每一个人见面，其实都是和每一个"我"相聚。每一个人的相聚，又是在自己与同学的相聚里，急急地寻找。

寻找什么呢？

是在寻找里，回忆着曾经的每个人，也回忆着曾经的自己；认识着现在的每个人，也认识着现在的自己；想象着未来的每个人，也在想象着未来的自己。

我们回忆每个人的时候，其实也回忆起曾经的自己。回顾一段时光，回想一种感情，想念曾经的每一个人，暗恋曾经的某一个人，正是一种青春感情的回归。之前，在我的岁月的词典里，六十岁，依然是个青春昂扬的世界。然而就在我以这个年龄赶去见我的同学的时候，我却突然觉得，四十年，六十岁，那是怎样的苍老！仿佛一位六十岁的老人去见一群十六岁的少年。因为，在我的印象里，我的同学已定格在曾经的少男少女时代了。我于是想起那些少男少女的样子，就觉出自己而今的老态；我于是想起那些少男少女的曾经，也就想起来自己青春的曾经。于是乎，我将自己穿越到了青春激荡的少年的时代。是像有人说的那样么，人老了才会回忆？说二十岁时忙于恋爱，顾不上回忆；三十岁时忙于立业，顾不上回忆；四十岁时忙于升职，顾不上回忆；五十岁时忙于事业，顾不上回忆；六十岁时忙过去了，才顾得上了回忆。其实并非如此。我觉得回忆不回忆，青春之情就在那里；回忆不回忆，感情之春都在心里。我们想起每个人或者某个人的时候，其实我们也想起了自己。所以，四十年五十年六十年，再怎么变，也变不了青春的记忆；再怎么变，也变不了纯粹的感情。

  我们认识着现在的每个人，其实也认识着现在的自己。套用诗人艾青的一句诗，在经历了长长的漂泊之后，再回到故土时，同学们见面，是比四十年前还要亲密。也许模样陌生，也许交往疏淡，然而，毕竟，情在。我曾听到许多聚会者谈笑，说聚会往往就是追逐童年时代乃至青年时代的梦想，本来想看看曾经思慕已久的青春偶像，却没想，看到的，竟是满目的苍凉。似乎，聚会聚到的，只是失望。其实，这又何尝不是收获。当我们看着每个人的现在的时候，其实也在看着自己的现在；当我们认识每个人的现在的时候，其实我们也认识了自己的现在。我们每个人，都是曾经；我们每个人，都已经不是曾经。变化了的容颜里，其实是吸纳了四十年的光阴，积淀了四十年的风雨，交换了四十年生命天地的精华，换来了而今的沧桑与慰藉。你是把你的青春给了你的儿女了，你是把你的童年给了你的子孙了，你是把你的年轻人生延续到你的后代里去了，你收获的是秋天的金黄和金黄收获之后的土地的颜色。我们每个人，我在你的脸上看到了我，你在我的脸上看到了你，我们一起看到的，是这个世界馈赠给我们的黄土一样的黄铜一样的黄金一样的生命的成熟。

我们想象着未来的每个人，也在想象着未来的自己。我们拥有不同的经历，但几乎经历了大致相同的光阴。离开母校，离开乡村，离开古城，走向一种广阔。如我，二十岁久远地离开了故乡，四十岁永远地离开了母亲，六十岁将长远地离开职业，预想，八十岁将离开我亲爱的笔杆，一百岁将离开我眷恋的世界。人生有多少二十年吗？尚若如我所愿，也仅仅只有两个二十年了。那将又是一个四十年的光景。据说，按照现代年龄的说法，四十岁，倘是青年，六十岁，仅为壮年，八十岁，才步入老年。那么，何不趁着这壮年，再走青春心路；何不从今天起，启程回归曾经。回归故乡，回归亲情，回归由青春而来的同学的友谊。我记得我的八十八岁的父亲给我说过一个故事，他说，自己和两个同学，原来经常来往，却没有共过一顿午餐，突然一天，父亲想到，该请同学吃顿饭了，一个电话打过去，结果，一个人，已经离世，一个人，已经不能动了。我听了，暗暗震惊！我们在父辈的故事里，悟出了我们的惊醒。我们在未来的想象里，当发展未来的自己。所以，也像诗人艾青所言："从今天起，你要快乐些呀！"给自己一个新的启程，这也许应该是，崭新地开启自己的故事。

我想，我从你的脸上看到了我的曾经、我的现在、我的未来，我从你们的身上，看到了我的青春、我的韶华、我的收获。你就是我，我就是你，你和我，就是我们！

那么，我们，又是什么？

我们，是一个班级，是一个曾经的青春的聚集，是一个而今的生命的重聚。作为一个青春生命的结集，我们也曾是母校的骄傲，那么，而今，也该是母校的一个缩影。

一个温暖的缩影，一个凝聚的缩影，一个坚实的缩影！

班级，这母校一样的我们的情怀所在，这兄弟一样的我们的情感所系！让我们重新聚合、凝结、鲜活、蓬勃在班级的旗帜之下，重新热血飞扬，再走一个四十年的历程！

那么，不要惶恐，不要畏缩，唯自信，你的脸上，就春风浩荡、夏花灿烂、秋光正好、冬阳日暖。阳光与月华，都会为我们祝福。祝福这样一群人，回归曾经，走向葱茏。

2017 年 12 月 11 日于太原汾河西岸家里

年轻我辈此刻

多少年前,我们不曾想到,在多少年后,我们会有与这个春天的这次约定。多少年前,我们也不曾想到,在多少年后,我们会有与这么多同学的这个聚会。

想想,一个"多少年",其实已经是韶华一逝四十五年的时光,已经是一代人的青春染上了秋霜,已经是接近半个世纪的离开,已经是人生一个花甲的行程。

渐渐,都已经老了。

那么,是都已经老了吗?

此刻,我想起了我们班长曾经发在微信群里的我们少年时代的青春留影。我说,那是我们情窦初开或者情感懵懂的豆蔻年华。但是,那时,我们没有一个人把年轻当回事情,没有一个人会想到了老。

此刻,我想起了我们组长之前发在同学群里的给予我们聚会的激情留言。她说,同学们,相聚难得,珍惜当下,让我们再疯一次吧!再次聚会的时候不知何年何月了,这辈子我们还能有这么年轻吗?

哦,这辈子还能有这么年轻吗?

我突然被我们组长的这个句子点燃。

是的,这辈子,我们还能有这么年轻吗?

我以为，我们组长的这个句子，就是我们这个春天的聚会主题，而且，将是我们这个群体的聚会经典。

此时此刻，我们每个人，都可以这样发问：这辈子，我们还能有这么年轻吗？

每时每刻，我们每个人，也可以这样自问：这辈子，我们还能有这么年轻吗？

这是一种美丽的询问，也是一种绚烂的思维。

不是沉浸在曾经的年轻里，而是珍惜在此刻的年轻里。

不是感叹在失去的年轻里，而是享受在行进的年轻里。

不是生活在生理的年轻里，而是鲜活在心理的年轻里。

其实，年轻，是一种生命的实况，也是一种人生的情景，更是一种理想的心境。

曾经，我的青年时代，我只要拿起笔，只要练写字，常常写下的两个字，就是——青春。直至壮年时代，直至斯年如今，我只要拿起笔，只要练写字，每每写下的两个字，依旧是这两个字——青春。

尽管已经走过了青年时代，尽管已经不是了青春岁月，但我却依然如故、依恋如故、迷恋如故地写着这两个字——青春，以至于这两个字——青春，终于成为了深深刻进我生命年轮的一个隽永的细节。

以致多少年来，我竟然不知道自己已经渐渐老去，甚至觉得，我的老去，是被别人叫老的，是被别人喊老的。

曾经，就在我用笔练着"青春"字样的年代，我妻子拉了我去买衣服，售货小姐说：这衣服太帅了，看，多显示你们中年人的风度！那时，我本来一直觉得自己是青年，怎么突然就被人推进了中年？

曾经，就在我用笔涂着"青春"字样的年代，我与我的朋友去旅行，一位女士喊：麻烦了老同志，能帮我们拍一个照吗？谢谢老同志！那时，我本来刚刚觉得自己只是中年，怎么又被人突然推进了老年？

曾经，就在我用笔写着"青春"字样的年代，我与我的同事去办事，一位保安问：这位老领导，请问，您要到几楼，您，要找哪一位？那时，我本来觉得自己依然不老，然而却怎么就摆脱不了这个"老"字？

那么，就在我依然迷着"青春"字样的时候，就在我进入微信群浏览的时候，我突然看到了我的组长的发问："这辈子，我们还能有这么年轻吗？"我感觉，在这个世界，我终于听到了一种别出心灵的呼应。

那时，我似乎找回了我的青春，找回了我的年轻，或者，似乎，是守护着我的青春，守护着我的年轻。

其实，你的青春没有丢失，你的年轻也并未离去。

其实你的青春是已经长大，你的年轻是已经饱满。

你的青春与年轻，其实不在别处也不在远处，而是，就在你心中，就在我们每一个人的——此时此刻。

也许我们都有这样的回望：曾经在一个什么地方，我们走过许多童年的街衢，但那时候，那街衢，是走也走不尽的路呀走也走不完的长，但是多少年后，当你终于回来时，你却突然觉得，童年的天地，竟是如此的狭小。

这是因为，那个时候，你的健步，已经跨越了孩童的脚步，而这脚步，已经长成了你的年轻。

也许我们都有这样的经历：曾经在一个什么季节，我们不怎么讲究，也不怎么装扮，想怎么穿就怎么穿，不想怎么穿就不怎么穿，但不论怎么样，都掩不住你焕发的英姿和勃发的魅力，相反你会为这英姿魅力而掩饰娇羞。

这是因为，那个时候，你的年华，已经充盈了青春的芳华，而这芳华，正在蓬勃着你的年轻。

也许我们都有这样的体验：曾经在一个什么时候，我们给自己拍了许多的照片，但看来看去选来选去，总是不满意或者很是不满意，但经年之后，突然有一天，再看到这些照片，你会感叹，曾经的照片，竟是如此的姣好！

这是因为，那个时候，其实你的每个影像，都呈示着丰蕴的形象，而这形象，依然是你的年轻。

年轻是一种年轮，也是一种心态。

年轻是一种经历，也是一种心路。

不要说我们的脸上爬上了皱纹，那其实正是，你用年轻，收割了岁月，于是，你的岁月依然年轻。

不要说我们的头上早生了华发，那其实就是，你用年轻，演绎了人生，于是，你的人生仍然年轻。

每个人的此时此刻，比之于其后，其实都是一种年轻。但年轻的后面不是老，而是年轻的延进。

你把你的望眼放到过去，你其实一路走着年轻的岁月。

你把你的视野放到未来，你其实依然走着年轻的时光。

六十岁的时候，我们说："这辈子，我们还能有这么年轻吗？"七十岁的时候，我们说："这辈子，我们还能有这么年轻吗？"八十岁的时候，我们说："这辈子，我们还能有这么年轻吗？"九十岁的时候，我们说："这辈子，我们还能有这么年轻吗？"这样，在我们心里，就永远年轻！

就像著名翻译家杨绛，一百岁的时候，虽然从《走到人生边上》而至于《坐在人生的边上》，但她依然清心淡泊，著书立说。因为，她心里年轻。就像著名语言学家周有光，一百一十岁的时候，依然"用中国眼光看世界，用世界眼光看中国"，依然迭出新作，笑谈天下。因为，他心里年轻。

臧克家说："有的人死了，他还活着；有的人活着，他已经死了。"我以为，死而活着，是因为他的心永远年轻；而活着已死了，是因为其心早已寂灭。臧克家说的是鲁迅。那么，鲁迅不是说"哀莫大于心死么"？其实，我以为，哀也莫大于心老；心老了，年岁再轻，也不年轻。

自然，谁也不能阻断老去，谁也不能逆转老去。

然而，年轻的心，可以给秋色注入春天的信息；心的年轻，可以给夕阳染上朝光的辐射。拥有了这样的心，我们会在秋光里磅礴，而不是湮灭；被这样的心拥有，我们会在夕阳里喷薄，而不是晦暗。

像我们的这次聚会，六十岁的人们跳起了十六岁的舞蹈，依然青春少女，激情荡漾。像我们的这次重逢，花甲之年展开了花树的俊颜，犹如英朗少年，豪气干云。是年轻回归了我们，抑或，就未曾离去。

那么，当我们真的有一天走向落日的时候，把一种年轻的精神留给灵魂，我们的灵魂，是年轻的。那么，当我们终于有一天沉入地底的时候，将一种年轻的灵魂留给世界，我们的世界，是年轻的。

2018年4月6日于平定嘉河岸畔父亲家里

走过你我的时光

走过的都是曾经,走过的也是未来。

曾经,是我们已经走过的时光;未来,是我们将来走过的岁月。

那么,现在呢?

现在,一代六十岁的风华,正肩着曾经与未来。

也许我们觉得曾经已久,慢慢走来,已是四十五年的日子;然而,猛然回望,纵是四十五年,却也竟倏忽而逝。

你与我,就在这倏忽而逝之间,变成了沧桑。

我们也许觉得未来短暂,日逐月奔,毕竟只剩区区时日;然而,眺然而望,即使是飞逝,却也可且慢且行。

我与你,就在这且慢且行之间,携手着童心。

携手着童心,你就回到了青春;沉溺于沧桑,你就回到了秋霜。

那么,我们何从?

肯定是,肩着曾经也肩着未来,未来与曾经才是一个完美的人生。

因为,正是启程于曾经,你才将走向未来。

也许已经路途遥远了,那发黄的纸页,藏着我们流逝的青春,藏着忘不掉的笑容。

也许尚且不太遥远吧,那皱褶的照片,留着我们笑着的稚纯,留着抹不掉的印痕。

那是一个"精神火红"和"物质苍白"彼此支撑的年代。

那是一个"读书做官"和"读书无用"交互被批的年代。

那是一个"世间人情"与"阶级感情"矛盾对立的时代。

那时,你来自庙宇作了校园、庙舍作了教室、棺材板子作着课桌而一截断铁敲响山水的村庄,我来自杨柳围成操场、排房列成校舍、明黄油漆刷新桌椅而一声电铃划破天地的小城。空间,没有成为我们陌远的阻隔,阻隔,反而完成了我们陌生的相逢,完成一种青涩与青涩的集结与相聚。

聚在一方青春的世界,我们,都曾是一片校园的骄子。那时,你也许不觉得同学有什么特别,也许不觉得老师有什么意味,但是多少年之后,多少多少年之后,同学,成为一个时代的故事,老师,却成为两个世纪的亲情。你依稀觉得,那是一生最快意的人生。你会为曾经的同学争辩而欣慰,你会为曾经的为难老师而懊悔,你会觉得,曾经的无论批评或者是表扬,都已经成为我们情感里带着温度的回忆。

聚在一方年轻的世界,我们,都曾是广阔天地的健儿。那时,你从山路跑来的矫健,曾跑出赛场竞技的冠军;你由街巷走出的修长,曾跳上舞台角逐的红榜。那时,你放下书本的纤手,曾开动工业机器的旋转;你走出校园的青春,曾刷新农村工地的繁忙。那个时代给予你的,也许是许多的丢失,然而多少年后,你看到的,却是曾经给你的收获。是愚蠢的善良吗?不是愚蠢的善良,而是善良,与善良的愈纯。

那个时候呵,少女与少女喊喊喳喳,少男与少男乐乐哈哈,然而,少男与少女,却绝少说话;而且往往是,说一句话,却腼腆许久。少男少女的绝少说话,说一句话的腼腆许久,也许是青葱懵懂,也许是赧然娇羞,也许其实就是,你已经不知不觉默默默默,默写默念了多多少少彼此的姓名。

于是,在一个突然的时候,隐藏的感情酝酿着出口。

于是,在一个离开的时候,焦躁的心结担心着丢失。

于是,在一个告别的时候,心仪的人们终于找到了爆发……

当然,这是多少年后,这代人在长久的离散相聚之后,突然公开的一个秘密。

也许,是多年后的聚会,重启了一代人曾经的感情,和这感情流过时的温馨。

你走向你的时候,我们,重新回到原乡。我走向我的时候,我们,重新走向陌路。

天南地北的空间,重新竖起了一种屏障。长短纵横的时间,重新隔离了一种浓情。

四十年波澜起伏的经济,把人走成了遥远和陌生。

四十年颠沛奔波的生活,把人走成了坚韧和成熟。

也许你曾这样走过:土地上的悠然南山风雨耕耘,曾经使你绿金盈天囤满仓圆,也曾使你背负沉重艰难爬坡;市场里的物质流荡繁华泛滥,曾经使你人生演进岁月升腾,也曾使你把酒豪饮悲泪凝噎;城乡间的风雪奔波铿锵独行,曾经使你意气奋发家业盛隆，也曾使你遇水涉水逢山开路；职场上的默默奋斗频频竞争，曾经使你春笋破土鹤立鸡群，也曾使你坚韧煎熬寒暑苦度；官道里的游刃有余左右逢源，曾经使你叠上层楼又起高楼，也曾使你挥戈长舞慨叹人生；军营中的沙场演练激战前线，曾经使你壮怀激烈荣耀一身，也曾使你黯然伤魂浑身伤痛；事业上的披荆斩棘拼搏进击，曾经使你跃居前沿屹立潮头，也曾使你流血流汗流失青春……

是的，不仅是流血流汗流失了青春，而且，是已经流血流汗流失了生命。你由此身披荣誉，你由此戴上桂冠，你由此获得大奖，你由此荣膺表彰。这是一个人的勋章，也是一群人的勋章，甚至，一代人的勋章。我们说，一个人一群人一代人，不可能选择时代。选择时代的是通人，改变时代的是伟人，创造时代的是圣人。我们是时代的凡人，可能连过客都不是，只是顺应时代的凡尘。然而，我们毕竟属于时代。一个人的自我进逼也是时代的进逼，一群人的自我搏击也是时代的搏击，一代人的自我奋斗也是时代的奋斗。你与时代或者时代与你的关系，在于，时代赋予了你而最终无憾于对你的赋予，你奉献于时代而最终无愧于你对时代的奉献。

那么你的这一切，就是把分离变成了距离，把远行变成了远隔？应该说，不是你把分离变成了距离，把远行变成了远隔？而是时光，已经将你搁在了远方。也许你的这一切，就是把青涩变成了沧桑，把青春变成了秋霜？应该说，不是你把青涩变成了沧桑，把青春变成了秋霜。而是岁月，已经把你变成这样。那么，你现在的一切，其实就是将沧桑变回清纯，将岁月还原年轻。你未来的一切,就是把距离变成切近,把远隔变成重逢。而当我们的曾经立于原乡的校园已经变成不是我们校园的时候,当我们的之后迁址新建的校舍已经变得不曾认识我们的时候,你的回归,其实已经遭遇了久久远远的遗忘。这个时候,我们的曾经,可曾满目全非?

就因为如此,乃要重新记起,打捞日渐远行的记忆。

就因为如此,乃要重新聚逢,融接尚未消逝的感情。

应该说,长长的漂泊,放飞风筝的源头,都在故乡。风筝不断,故乡就不断。

应该说,远远的行走,启动行走的地方,都在故园。行走不停,就会返回故园。

一切似乎都已经过去。物质的追逐过去了,名利的追逐过去了,荣誉的追逐过去了。感情却没有过去。

一切似乎都已经归来。曾经的印象归来了,曾经的形象归来了,曾经的笑容归来了。似陌生又似熟识。

你能记得我么?是执手相看笑眼,满声"记得记得",却久久说不出名字:我能不记得你吗?你还认出我么?双臂伸出拥抱,连说"认得认得",却使劲地在回忆:这抱着的可曾是谁?想见,却又怕见;怕见,却又想见。毕竟已是四十年的相隔,毕竟已是满面花甲,毕竟又是两代人的历程。

不过,仅仅是稍纵即逝的陌生,便重新回到了曾经。

回到曾经,都重温曾经公开的故事:你怎样在被窝里背着整本的字典,我怎样在课堂上提出刁钻的问题,我们怎样写着奔赴农村的报告，终至于发声到小城的广播。回到曾经，却都没有了曾经的羞涩：你怎样写着送给班花的情书，我怎样把信物夹进了送给你的书本，你我怎样追求却又怎样别离，一切，成为坦然公开的秘密，也成为四十年后的新闻。也许是一生的情结，终于重新找到了回归曾经的出口。

回到曾经，都尝试着曾经的舞蹈：四十五载的流年回到了十五岁的少年，六十岁的风华跳起了十六岁的芳华，一群人，一代人，年轻的心，把一个时代幻化成了另一个时代。回到曾经，却都演绎了而今的豁达：十六岁的打架六十岁再叙说像在叙说故事，十五岁的隔阂四十五年后讲述像在讲述传说。这群人，这代人，成熟的心，将一个世纪演变成了另一个世纪。

回到曾经，都为今日举起了酒杯：四十五年之前的集结，今又集结，这集结，说明我们的感情历久弥真；四十五年之前的班委，今又负责，这负责，说明我们的选择愈显正确。那么，用四十五年后的美酒为我们四十五年前的选择干杯，用六十岁的情谊为我们十六岁时的情缘干杯。这杯酒，标志着，这群人，这代人，这个聚会，这个集结，将会举起一种成熟的年轻。

无疑，这崭新的集结，将意味着一种崭新的启动。

然而，当一个集结已经再度实现，当一个阵容已经再度形成，当一种感情已经再度凝聚，当一种人生已经再度启程的时候，一遍又一遍地唱着"难忘今宵"，却一次又一次地难以散去；一次又一次地说着"再见再见"，却一次又一次地紧握难分。谁能够按捺这段从青春到金秋的艰难相逢？

毕竟是相距将近半个世纪的相聚了，毕竟，已经老去。

毕竟是花甲之后另一个人生开端了,毕竟,未来渺茫。

其实,走过曾经,或者走着现在,本身就是未来。

因为,你的曾经与现在,都将成为你未来的回忆,那么,这意味着,曾经与现在,也就是你的未来。

其实,现在的延伸,或者再延伸,都是你的未来。

因为,你牵着的子孙,都注定成为你未来的延伸,那么,这也表明,儿女和孙辈,也就是你的未来。

现代科学告诉我们,基因的遗传,已经续写着我们曾经的生命,以及生命的体验、生命的灵髓、生命的精神。

那么,在一代又一代的基因里,都是你的未来。

传统科学告诉我们,文化的传承,也会显示着我们现在的生命,以及生命的思想、生命的意志、生命的感情。

那么,在一代又一代的文化中,都是你的未来。

你,我,他,我们其实都走在未来的年轻里。

你们,我们,他们,其实也享受在未来的时光里。

2018年5月1日于太原汾河西岸家里

第五辑　怀想故人

　　人们想起老吕生前那黑黢黢的头发，总不明白，伍子胥过昭关是一夜愁白了头，老吕呢，怎么就也白了呢？

灰　烬

那天，人们发觉他已两天没在大楼里露面了，感到有些异常。

过去，他几乎每天都准时在这儿出现。虽已离休多年，但他总是在这儿转着。其实他本来没什么事情，不过在这挂满江河地图的小世界里转转、看看、说说，罢了。他已经不再参与任何一项工作。人说，只因曾经的一切在他的血液里印得太久太深了，他已经不能自已。

人们一直记着，早在好多同事同他一起工作的时候，他就跑遍了黄河流域的山山水水，后来，他的同事好多成了身居要职的官员了，他仍跑着那些山山水水。他的一生全跑在那些地图之外的大河上了，直至他走不动了，还在用眼睛，用心，跑着那些图纸上的江河。

自然，时间久了，对于他的絮絮叨叨，青年人有时也烦，所以对他的不再出现，竟觉得是一种解脱。然而，当人们在他屋里看到他时，那些烦过他的青年，没有一个不为自己曾经有过的想法而悔痛。因为，他已经默默地告别了世界，告别了黄河，告别了同他一样在黄河上奔波的人们……

于是，人们又觉得，为他，应举行隆重的悼念。应该让知道他和不知道他的人，都知道他的默默人生。

但是，人们在清理他最后的东西时，没能找到那些据说同他有着密切联系的高官要员的信件,却在他身旁注意到两件遗物:一个深蓝的通讯录塑料皮和一堆黑中泛白的灰烬……而实际上,通讯录塑料皮同那堆灰烬,原本就是一个整体。只是人们不清楚,他为何把通讯录纸页化作了灰烬……

后来,他自己的遗体也化作灰烬了。遵照他的遗愿,他的骨灰撒进了黄河。于是人们又感到,他的离去,不是告别,不是永失,而是永久性地进入了——他的江河。

        1988年10月7日于太原新建路斗室

老　吕

这天早晨，刚进机关，有人就惊声惊气："知道了没？老吕死了！"

"谁？"

"老吕。吕金富。"

"怎么会呢？老吕……"

我半天没有回过神来。

不是说吕处长下午就要出差走了么？怎么就会……死了呢？

真感到突然得太没道理了。要说是谁怎么了还或许相信，可是老吕……太没道理了。这山东的大汉，塔一样的体魄，方方的脸庞，直愣愣的头发老是硬硬地立着，没听说有病有灾，怎么就死了呢？

嗨，人呀！

据说，是脑出血，或者心脏病猝死。

被抬到医院就没能进病房。他本来下午就要出差走的，所以一早起来先是给自己的自行车打了顿气，然后骑车去买牙膏。骑车路过老乡家宿舍，刚朝楼上喊一声，或者根本就未喊，人就栽下去再没起来。等有人发现，已不知过去多长时间……

人们都感到可怜。竟没有同家人说上一句话！就那么不知痛苦了还是不痛苦地没了。

过后,人们猜测:到老乡家干什么呢?如果喊了一声的话,那么要说的是什么呢?

是托乡亲照看家里,还是别有嘱咐呢?

推测来推测去推测不出,但自然想起那个可怜的家庭:妻常年生病,儿女还在上学。一个女儿刚刚考入临汾师专,刚刚走了几天……据说,正是因为女儿走了,把家里的牙膏带走了,他才出去购买牙膏。他自己做处长的那个部门,管着所有出差的和不出差的人,自己却几年也不出一回差,他没有常备的牙膏……

"唉唉,一支牙膏,送了一条命。"有人便惋惜地唏嘘。

于是,大家就跟着唏嘘。跟着,就想起老吕的许多为人来。大小也是处级吧,脾性同外表截然不同,和谁也没有个架子,说话总是和蔼的样子。对领导,对同事,一律像个老服务。他自己说,年轻时当兵,曾同班长发脾气:"我认的你是班长,可我枪筒不认你!"大家听了,都感觉像是讲另外一个人。因为,很多人感觉中,他没有那脾性。那么,硬脾性是怎么没了的呢?人们好生奇怪。但就在人们还没弄清他硬脾性是怎么没了的时候,软脾性也好好地就没了。好人不长寿哪!就越发感到哀惜。

哀惜复哀惜,就希望好好地为他送行。问他家人:有什么要求?他妻说:给他穿一件毛衣吧!并说,老吕一生没有穿过件毛衣,一辈子没踩过皮鞋。

人们听了,突然震惊。震惊之间,便想起老吕那总是穿在里面的军黄绒衣,想起他一年四季的黄色胶鞋,想起他老是天黑的时候一买一大堆蔬菜，还想起，即使过年他也脱不掉那身灰色的制服……

终于，人们为他而感到悲哀，悲哀之中又有些敬意。于是，在他出殡的那天，全机关都去向他告别。一个个严峻地走过灵前，一鞠躬，再鞠躬，三鞠躬……鞠躬归来，有人就惊奇："喂，看到了没有，老吕的头发——白了！"

"真是，怎么就那样了呢？"

人们想起老吕生前那黑黢黢的头发，总不明白，伍子胥过昭关是一夜愁白了头，老吕呢，怎么就也白了呢？

1992 年 1 月 10 日于太原上官巷家里

热 血
——悼念薄越亮局长

怎么可能？听到这个消息的时候我不相信。司机老刘也不敢说了，他收回了自己的话。我想所有的人听到这个消息都不会相信。然而消息还是被证实了。我们的局长，已离我们而去。

当时，我们正被21世纪的第一场雪隔在百公里之外的介休，在环境达标"零点行动"之后的第一线同排污者较量。我们在执行主帅交给的任务，主帅却倒下了。

赶紧往回赶，辗着刚刚还感到欣喜而突然变得凄然，刚刚还感到热烈而突然变得冰冷的雪。赶到医院时，已经没人在场，只有惨白的无情的雪覆盖着茫然的世界。请守灵老人打开那扇与世相隔的铁门，看到我们的局长躺在冷寂之中时，眼泪从心底就涌上来了。一个昨日还英姿勃勃神采飞扬热血沸腾的人，就这样进入了另一个世界？

但愿他是睡着了，睡着了，睡着了……我们深知，他是太累了。

我们的局长走进山西省环境保护局的时候，正是中国环境达标时间过半之后。对于中国的环境达标，我一直有个描述：1996年以后，是一年紧似一年，到了1999年，是一月紧似一月，进入2000年，则一天紧似一天。他就是在"一月紧似乎一月"的1999年8月走马上任的。他来的时候，我在南方开会；

我回来的时候,他去北京开会。我是在他来了相当一些时日才给他汇报工作的。他当时提出一个目标:"蓝天、碧水、绿地",并说,田成平书记给他说过,环境保护是值得终身为之奋斗的事业。后来,他就常常重复着这句话,说:"我还有三年多的时间,这辈子就干这了。"我当时觉得,这是一个有雄心壮志的人,只是,这"蓝天、碧水、绿地"是不是太遥远了,中国的环境达标对于山西而言,时间已过70%,而任务只达40%,达标是首要问题啊!

没想,他进入"角色"非常快,2000年春天开全省的环境保护会议,重点就讲环境达标。他几乎是脱开稿子讲的,而且讲得非常硬气。他说:期限达标,逾期关停,这是国务院的决定,到时候各位领导不要说环保部门找你麻烦,你要达不了标,就找你麻烦!话不客气,但省、地、市、县政府官员和环保官员听了,都服。接下来,他开始四处奔波,用他的话说是"跑跑"。他跑到全国人代会上一整天一整天等着给书记省长汇报环境达标情况,他在全省人代会上跑着呼吁为环境达标做决议,他在十一个地市跑着确定公布城市环境质量指标,他在各大型企业跑着督促上马环境达标工程……同样是"跑",别人"跑"别的事的时候,他却在"跑"这个,一日紧似一日地"跑"。

有几次,真正坐下来了,他却说:真累啊!那时我就感到,他说的"真累",不仅仅指四肢,而是整个身心。在山西搞环境保护,实际是在用整个身心同污染做斗争。你得同污染者唇枪舌剑,你得同违法者剑拔弩张,你得对麻木者精诚雕镂,你得对糊涂者苦口婆心……然而当我们面对黑压压的污染时,仅此够吗？因而，从2000年年中开始，他大刀阔斧砍出了声势浩大的"六五关停"；离世纪末只有一百天的时候，又费尽心思推出了"百日攻坚"；离年底只有四十天的时候，毅然发起"最后冲刺"；而就在世纪之交的那一时刻，又长驱直入地组织了决战性的"零点行动"。

"零点行动"前后的日子，他已经是一个超负荷运转的机器。那时，他正出国考察，却频频打电话回来了解重点达标工程进度。当时，同行的人看出他倦容满面，提议他做健康检查，他应允回国就去医院。但一回来，就什么都忘了。太原市炸烟囱行动、赵庄污水处理厂建成剪彩、太原一电厂淘汰机组、南堰污水处理厂改造完成、太钢达标工程全面竣工……直到"零点行动"，他都是一连气地跑着，把山西环境达标推向了高潮，在全国打了头炮。"零点行动"之后他还没有喘一口气，刚给省政府汇报完达标工作，又跑去古交解决污染告状问题，刚部署完现场执法检查，又修改去北京参加全国环保局长会议的材料……他本来是第二天就要到北京开会的，机票都订好了，却因心脏病突发，倒在了出行的前夜。

壮志未酬啊！按他说的"还有三年多时间"，这才刚刚走过了一年零四个月啊！"先帝创业未半而中道崩殂"，我想起了诸葛亮写的《前出师表》。"出师未捷身先死，长使英雄泪满襟"，我又想起杜甫凭吊诸葛亮的诗句。虽然山西的环境达标率达到99％，剩余的1％属于强行关停，但仍然没实现"蓝天、碧水、绿地"啊！我突然想起他曾经对我说的这个目标，原来我以为是遥远的事，他却并不是把它作为遥远的目标看的，是我没有理解了他。他肯定是想在他的"三年里"干成，他想在"三年里"干的事情太多了。他也许是想把曾经失去的时间夺回来。他是想以此拯救这片污染极重的土地的，无奈这土地太沉重了——全球六十个重污染城市中山西太原第一，全国三十个重污染城市中山西占十三个之多。这沉重的土地是不是要求给它造成沉重的人类必须付出更重的代价？但成为代价的绝不应该是我们的拯救者啊！为了这块土地，我们已经流失过鲜血，流失过生命，而今，我们又流失了一个崇高的生命。

中国的环境达标折损了一员大将，山西的环境达标折损了一位主帅。我们的局长，他是把满腔热血洒在了环境达标的世纪之役中了，洒在了这片生他养他疼他爱他给他波折也给他痛苦最后又夺取他生命的土地上了。山西，你能记住这个好人吗？苍天，你怎么能让这个太劳累了的人一睡就再也醒不过来呢？

2001年1月10日于太原小东门家里

清 风
——怀念杨矛先生

收到《2000年杜邦杯环境好新闻获奖作品集》时,已是杨矛先生去世两个月之后。我想这可能是杨矛先生主编的最后一部环境新闻作品集了,一种亲切而别离的伤感便油然而生。默默抚摸、默默翻展、默默端详,翻遍全书,看到了序者的名字、作者的名字、责编的名字以及赞助者的名字,却唯独没有看到杨矛先生自己的名字。作为中国环境新闻工作者协会的主席,他实际就是这本书的真正主编,但我知道,他是把自己隐藏在书的背后去了。于是,看着书页间一行行在我眼中模糊了的字迹,我觉得那书页间浮现出杨矛先生清癯的面容来了。

我与杨矛先生的相识,是早知他的大名而绝没想到他会突然出现在山西的地面。大约是四五年前,那天我匆匆跑下办公楼搭车去山西日报社,钻进车里,便看到一位微笑着而严谨的长者坐在那里。我笑着点点头,算是打过招呼。车开出老大一截,陪他的人突然惊奇地问:你俩不认识?我这才知道,坐在我面前的,竟是杨矛先生——中国环境报社社长兼总编辑,中国环境新闻工作者协会主席,亚洲环境新闻工作者论坛副主席。大名鼎鼎啊,开创中国环境新闻事业,主政中国环境报社十年,是中国环境新闻报道的鼻祖。我对他一向敬畏,并不敢多言,只知他是为了一个全国性的摄影大赛,去设在山西日报社院内的中国摄影报社谈事。到了那里,他好像是当下就留在了那里并没有一同返回,直到他走,没有再见。就好像一阵风,萍水相逢,过去之后,就什么也没了。他办的事情后来怎么样了,我也不得而知。

第二次见到他,是1997年的夏天,也是突然出现在了山西,突然出现在了我们山西环境报社。我见到他时,他还是微笑着:"我给你送书来了,给你送奖牌来了!"说着,递给我一个证书、一个奖牌和两册书。我一看,是我的言论《土法上不了马》获得了"杜邦杯"中国环境新闻奖二等奖,这是我事先并不知道的。因为,我的那篇言论,报社推荐时是作为陪稿推荐的,没想陪稿获得了比主稿还高的奖。我悄悄问杨矛先生是不是照顾的,杨矛先生说:"是非常严格地评选出来的,中国环境新闻奖的评选,不存在照顾!"后来,报社安排我陪杨矛先生和他的同行者观览了平遥古城和晋商票号。当时,他已卸任了中国环境报社社长和总编辑,但我给当地官员介绍时习惯性地还这样称呼,他赶紧制止:"不要这样,不要这样。"在看了一家著名的票号展览后,他对一句解说词思忖再三说:"重振票号雄风,可能吗?不如改成重振晋商雄风。"他还很认真地专门把这个意见讲给了讲解员听,后来,我又到过那里几次,但未曾理会那解说词改了没有。

第三次见到他的时候是在北京。1999年7月1日,我因致力于环境新闻社会化宣传而获得中国环境保护领域最高奖"地球奖",在国家环保总局讲坛式的会议厅里领奖。杨矛先生于熙熙攘攘间见着我就说:"你报的材料太感人了,评委会第一轮就通过了,几乎全票。"他是颁奖会的主持人,说完,就匆匆走了。走了几步他又返回来说:"每个获奖者在接过奖杯后要有个简短发言,你想想说什么。"我问:"说什么?"他说:"说实话。"然后就上台去了。当时,我是刚刚结束了行程千余里,历时一个月的"三晋环保行"大型采访活动赴京的,也是我从事环境新闻工作十一年中第一次赴京,而且,我得到获奖消息的时候,正在"三晋环保行"的途中。所以,我觉得我的到来,仍然带着环境第一线的风尘,正像我特别晒黑的皮肤,带来的是能源基地的阳光。我是第三个上台领奖的。我从曲格平手里接过奖杯走到麦克风前,看着台下黑压压的人群,想好的话突然卡壳了,突然又想起"三晋环保行"行程中批驳的一个"消灭人类论",我便说:"我们只有一个地球,也只有一个人类,这只有一个的地球和只有一个的人类将永恒地存在下去。我将为人类社会的可持续发展贡献我毕生的精力。"颁奖会结束,我邀杨矛先生照了相,照片洗出来后,我看到杨矛先生镜片后的眼睛,笑成了一条线。

第四次、第五次见到他,是在全国地方环境报专业委员会的年会上。还是1999年,全国地方环境报发展到这个年份,却面临一项前所未有的选择:地方环境报还能不能办下去?地方环境报怎样办下去?而这选择源起于一份上边的文件,文件的精神是:停办行业报!对于地方环境报,这意味着什么?全国地方环境报的组织也仅仅十五岁的年华呵,前十年前,叫全国地方环境报刊研究会,后五年,在杨矛先生的关爱下,收到了中国环境新闻工作者的麾下,成了中国环境新闻工作者协会地方环境报专业委员会。当时，地方环境报同仁八方告急，一年中开了两次会：一次在厦门，一次在九江，从厦门开到九江，离不开哈姆雷特那个著名的主题："活着还是死去，这是个问题。"我一口气讲了地方环境报面临的来自环保社会化的压力，来自官方重视环保的压力，来自社会公众参与的压力，来自现代报业竞争的压力和来自全国报业整顿的压力，然后，我说，对环境污染的战斗没打完，环境宣传的武器却要被缴械了，地方环境报，要挺住啊！同仁们说，真有些悲壮。杨矛先生很同意我的观点，下来他说："你成熟了啊！"后来在鼓浪屿游览，再后来在庐山观光，杨矛先生闲云野鹤般出入于海山雾谷之间，我则一脸沉重地攀爬，心想，什么叫我成熟了呢？

2000年12月又在武汉见到他。这年的地方环境报年会原定在吉林长春，却因吉林环境报停刊而拖期，最后开在了黄鹤楼下。会前，各地方环境报都相互询问：今年还去不去？我给杨矛先生打电话，他根本没说去不去的问题，而是第一句就说："你那篇文章写得不错啊，再多一票就进入一等奖了。"他说的是收入《2000年杜邦杯环境好新闻获奖作品集》的我的《驳"历史欠账论"》。我再问他去不去参会时，他反问我："你说呢？"但到了武汉，见到他时，他劈头就说："不行啊，我得回去！"看他清瘦的面颜焦黄焦黄的，别人都说，病得不轻，是要害部位发生病症了。我却坚信他不会有什么问题。接着，他说："你吃过晚饭到我房间。"后来，地方环境报专业委员会的会长吴长征拉我到杨矛先生房间时，我才知道，老吴所在的山东环境报已撤销了，这次会议要改选换届，杨矛先生推荐我做会长。

老吴说:"受命于危难之际啊!"当时我手心就出汗了。我能行么?吉林环境报停刊了,山东环境报没有了,重庆环境报改刊了,生活环境报也没有消息,绿报的旗帜还能打下去么?没想,在换届选举中我全票当选。看着绿报同仁对我的信任,我激动了,便说,危难之际地方环境报的聚会,使我想到了夸父逐日的故事,想到了女娲补天的故事,想到了精卫填海的故事,或者,就像陶渊明讲的,"刑天舞干戚,猛志固常在",就像苏轼在《密州出猎》中讲的,"会挽雕弓如满月,西北望,射天狼"……这次,是我自己都感到有些悲壮了。这悲,也许来自沉重的现实;壮,则来自杨矛先生和同仁们给我的鼓舞。但是,会没开完,他就告别,起身去赶飞机,我送他出了会场,在楼梯口做了深深重重的握别。回到太原后,我曾打电话给他家里问病,他的家人说:"没事,胆囊发炎,他正去办住院手续呢!"

接着就进入了21世纪了。进入21世纪,我是全身心感觉到清新,走路吃饭干活都浑身是劲。然而,没想到,元月6日,山西文坛的宿将西戎逝世了,元月7日,山西环保的大将我们的局长薄越亮逝世了。而就在我们处于沉重而痛极的时候,我的手机响了起来,全国地方环境报专业委员会秘书处打来电话说,元月7日,中国环境新闻事业的先驱杨矛逝世了。我的天!我在同一天里失去了两位领导!我的黑色的21世纪的1月啊!据说,杨矛先生的胆囊切除手术已经好了,却在拆线的时候,因突发心脏病而逝世。简直是太惋惜了。失去了他,我们已经失去了中国环境新闻的一个时代,而这样的时代,我们,已经不可能再有。

杨矛先生清风一般的生命品格，深深地影响了我。却没想到，武汉会议楼梯口我与他第六次见面后沉重的一握，竟成了我们永远的握别。而在这之前，我还邀请他到山西来喝酒。他说，你领"地球奖"时送我的一坛清酒我至今还保存着，我已经不喝酒了。当时我就想，淡淡一坛酒，他还记着呢，而他曾两次向我提起我与他在"地球奖"颁奖仪式上的合影，我却两次都未能给他。当然，我不是忘记，我是等他来山西时想把照片放大送他的，没想这么一等，竟成了我永久的遗憾！杨先生，你能原谅我吗？学生的清酒是为您斟好了，您啊，能饮一杯么？

2001年4月4日于太原小东门家里

与汾水长流
——悼念胡正先生

冬日的汾河凝固了。这条在胡正笔下汹涌浩荡欢腾奔流的汾河，一切的流动，停泊在了这个冬日。

这个冬日，2011年1月17日的夜晚，胡正逝世。

我没有想到事情会是这么严重。在此之前，我和胡早在北京开会，知道他父亲住院。当时说好回到太原要看望老人的，但没想到，就在我没来得及看望老人的时候，老人去世了。

我匆匆赶去，仰视老人时，老人已是素洁之中的满面微笑——我只看到了老人的遗像。但我仿佛听到了老人的朗朗笑语。

肃穆。敬挽。鞠躬。将深深的悼念祭上。

胡正是中国"山药蛋派"的代表作家，而"山药蛋派"作家，是植根于自然和土地的作家，置身于人民和生活的作家。

马烽、李束为、西戎、孙谦、胡正，曾被谐为山西"西李马胡孙""文坛五战友"。

赵树理、马烽、李束为、西戎、孙谦、胡正，曾被称为中国文坛的"山药蛋派"。

马烽、李束为、西戎、孙谦、冈夫、郑笃、胡正，曾被誉为三晋大地的"人民作家"。

汾河，那曾是山西作家文学关注的一个情结，也是胡正创作的典型情结。我在20世纪80年代作为文学青年的时候,最早知道他的长篇小说,是《汾水长流》;最早看到他的电影故事,是《汾水长流》;最早唱的电影歌曲,也是《汾水长流》。"汾河流水哗啦啦"的歌词,成为洋溢在山西人心里、浸润好几代人心灵的歌词,也成为那个时代山西在中国的一个符号、一种象征、一种意味。

汾水作为山西的母亲河,也是山西文学的灵感所在。山西许多作家都写过汾河。那时,山西著名的文学刊物就叫《汾水》,而我发表的第一篇小说,就刊登在《汾水》上。之后,在山西作家协会组织的创作会议上,我多次聆听过"山药蛋派"作家们的讲话。印象中,胡正是那种朗朗大笑、朗朗说话的人,是具有大家风度的长者。一切都坦坦荡荡,一切都浩浩汤汤,就像他的那句歌词"汾河流水哗啦啦"。这歌词,也成为他人格气度的一种写照或者写真。

后来,我进入山西环保界编辑《山西环境报》。那个时候,我看到编辑部里一个小伙子总是风风火火为同事跑这跑那,热热情情为大家办这办那,于是我在山西环保界接触到了我的第一个"熟人":胡早。过后,知道了胡早就是胡正先生的儿子,我第一时间涌起的就是"汾河流水哗啦啦"这个句子。我特别敬重这个比我年轻的同仁,而且我在这个同仁身上感觉到了胡正先生率真大气的风度。

胡早是先我而进入山西环境报社的。据说,他父亲送他读完了环保学校,他就一头扎进《山西环境报》做了编辑。我翻阅《山西环境报》看到,胡正先生1986年为《山西环境报》创刊号题词:

治理污染，造福人民，加强宣传，保护环境；1987年为山西纪念世界环境日题词：防治污染，保护环境，加强宣传，健全法治。那个时候，山西已经污染严重，山西人看着汾河，想起的是胡正笔下曾经的汾河，"汾河流水哗啦啦"，这也成为山西人对历史汾河的一种描述和记忆。

胡正是山西文坛最早具有环境意识的作家，也是山西作家最早关注环境现实的智者。早在20世纪70年代末叶，胡正就写下这样的句子："希望生活在煤乡的人们能用上煤气，在重工业城市里减少空气污染，让'浓雾'在太阳升起时消失。"这位多少次写作汾河描述汾河的作家，当他再度看着汾河、回望汾河、审视汾河的时候，他心里激起的，可曾还是"汾河流水哗啦啦"的回响？

那个时候，山西内外，对于汾河的危机，只有深重的忧思和紧急的呼救。麦天枢说，汾河已经死了。林宗棠说，汾河在流血流脓。而拯救汾河，汾河归来，成为始终具有居安思危意识和居危思危精神的山西作家的呼唤，也成为最先感知自然嬗变也最先激起环境忧患的胡正先生的呼吁。这个曾经是"人说山西好风光"的山西，这个曾经是"汾河流水哗啦啦"的山西，等待一种绿色文化的再造。

1992年5月，在中国当代文艺的纪念之日，山西老一辈文化名人被山西省委、山西省政府授予"人民作家"和"人民艺术家"称号。我们《山西环境报》发起了请"人民作家"和"人民艺术家"为环保代言行动。我们请胡正先生主笔挥毫，马烽、孙谦、西戎、冈夫、朱焰、寒声、曹克、张万一纷纷签名，写下了"爱护环境是文学创作的永恒主题"的题词。这成为山西"人民作家"和"人民艺术家"的一次绿色宣言,(也当然成为对山西环境文化的盛大推动。)那个时代,山西作家空前关注环保,山西进入一个环境文学的时代。

文化力量是无穷的。文化的力量最终会凝聚为行动的力量。事实上,山西环境文化的力量最终是凝聚成了政治的力量和政治的行动了。山西政治家真的发起了巨大的拯救母亲河行动。胡富国提出"治理母亲河"的号召,从汾河源头到汾河河尾铺开拯救汾河的战役;张宝顺发出"建设蓝天碧水"的号令,在汾河沿线打响了治水攻坚的行动;孟学农立下"修复母亲河"的誓言,坚决要给山西再现"汾河流水哗啦啦"的秀美景色。生态汾河,成为山西人的现代追求。

而今,蓝天碧水归来了,汾河清流也归来了。汾河上游二十年首次恢复了一类水质,汾河河道二十年首次恢复了绿水长流……汾河归来,然而,"汾君"逝去。那些和汾河相濡以沫的一代文学大师们,已经离汾河而去,而且渐行渐远……或者说,这个里程碑式的著名作家群体,是以别样一种河流的形式,流进与汾河遥相呼应的广袤的时空里了,流进我们的记忆,流成冥远的河流——

1970年9月23日,赵树理辞世,享年六十四岁;1994年3月4日,李束为辞世,享年七十五岁;1995年8月3日,郑笃辞世,享年八十二岁;1996年3月5日,孙谦辞世,享年七十六岁;1998年4月14日,冈夫辞世,享年九十一岁;2001年1月6日,西戎辞世,享年七十九岁;2004年1月31日,马烽辞世,享年八十二岁;2011年1月17日,曾经最年轻也最活泼的胡正先生辞世,享年八十七岁……

呜呼先生,山西"文坛五战友"最后一位作家,中国"山药蛋派"最后一位代表,山西"人民作家"最后一位大师,离我们而去了。

大师离去,一个时代结束了。

一个时代结束,却并不意味大师的结束。

这个冬日,汾河凝固了,但汾水依然长流。

胡正先生与汾水一起长流,与山西文学一起长流,与中国文学一起长流!

2011年1月20日于太原汾河西岸家里

洪涛流逝
——悼念潘洪涛君

本来是要打电话给潘洪涛治丧小组的,却不知怎么就拨到了潘洪涛的电话上了。

许久,没人接听,我才突然意识到,我拨错电话了。

久久,缓不过神来。

早晨给杨明森社长打电话,他第一个告诉给了我这个噩耗:潘洪涛去世了。

我震愕。我眼前浮现出高大伟岸的潘洪涛的形象。

我说,怎么会呢?那么壮实的潘洪涛。

是啊,社长说,只有四十八岁。

后来,记者部郭薇给我打电话,说,刚刚发给你一个讣告,潘洪涛去世了。

我深感惋惜。那么高大英俊的潘洪涛,怎么就会英年早逝呢!

赶紧登录邮箱,看到:潘洪涛同志因患淋巴瘤,于2011年9月29日19时55分,在北京中日友好医院不幸病逝。

我于是就给治丧小组拨电话,联系悼念的事情,却不知不觉,将号码拨到了潘洪涛的电话上。

回过神来之后,我才想到,这个电话,洪涛君是永远不会接到了,永远不会听到了。

我和潘洪涛的认识,是在1999年。他应该是我最早认识的中国环境报记者中的一个,也是印象颇深的一个。

高高大大,声如洪钟。可以说,我是未见其人,先闻其声的。

那时,我在山西环境报社做事,获得1999年的"地球奖"。于是,一个浑如洪钟的声音传来,电话通知我获奖的消息。

我当然很受"洪钟"的鼓舞。后来到北京参加颁奖典礼,我见到了许多人。见到了曲格平,见到了解振华,见到了吴方笑薇,见到了杨矛、郭薇和潘洪涛。

当时,中国环境新闻工作者协会设在中国环境报社,中国环境新闻工作者协会又是"地球奖"评选的承办单位,所以,作为中国环境报记者的郭薇和潘洪涛,就成为"地球奖"评选和颁奖的组织者、承办者。

见诸其人,闻诸其声,潘洪涛,一个高高大大、沉沉稳稳、客客气气、彬彬有礼的年轻形象,就深烙在了我的印象之中。

之后,多少年过去,我进入中国环境报记者站,在赴京开会时再见到潘洪涛,已是2007年以后的事了。

那是一个具有相当跨度的时间段啊,但在那么多人的会议上,我一眼就能找出来潘洪涛。

但实际上,我对潘洪涛并不熟悉。不是不熟悉他的人,而是不熟悉他在环境新闻行当里的擅长。

那时,他已经做了中国环境报网络信息部的主任,我想,网络信息的事情,应该是他的擅长吧。

君子之交,彼此如水。看着他在会场静静坐立,看着他与人淡淡交谈,看着他在讲坛朗朗发言,对他,我依然深入不了。

要说有深的接触，是在 2011 年《中国环境报》的记者年会之后。

当时，我的一册小书《中国环境第一媒体观察研究》在会上散发。我和洪涛就站在会场的后边，谈对环保、对宣传、对《中国环境报》的看法。

我们谈，《中国环境报》是一个值得研究的媒体。一个办了二十八年之久的中国第一环境媒体，已经到了应该总结研究的时候。

我们谈，中国环境宣传创造了许多引领性实践，但我们对环境宣传缺乏总结，即使环境宣传者也不去理性总结环境宣传。

我们谈，中国环境保护是创新理念、创新思想最多的领域，《中国环境报》应成为思想性媒体，《中国环境报》应引领中国环保。

所以，他说，他在改版后的《中国环境报》网络版上，在《中国环境报》文档目录中，就长时间挂了我的《山西环境宣传模式》。

他说，其意在引起关注，关注山西，关注环境宣传，关注环境宣传研究，关注具有创新性和思想性的环境宣传研究成果。

他说，理性追求和思想追求，对于一个媒体是太重要的事情，触人所未触，发人所未发，思想走多远，媒体就能够走多远。

这是我第一次听到的来自《中国环境报》网络信息部主任潘洪涛的谈话。一个网络部主任，却谈了一个关于环境思想的话题！

我第一次走进了洪涛君的思想世界。

后来不久，洪涛就被任命为《中国环境报》理论评论部主任。

足见《中国环境报》老总们识人任人的眼力!

再后来,我看到了洪涛发表在《中国环境报》上的评论。可以说,对于环境保护的行政事件给予评论,能够写到思想和文采俱佳,不是容易的事情。但洪涛君做到了。

在《为青藏高原环保规划而欢呼》中,洪涛说:我们在羡慕欧洲人骑马奔腾于美丽的维也纳森林时,欧洲人却在羡慕我们,因为他们可以在森林中骑马,却已经找不到亚洲森林那么多真正的自然。这个事说明,人的环境意识自然而然地从自我保护型上升到自然保护型时,却发现我们有能力去保护的对象,已经不是我们想保护、认为最值得保护的对象。青藏高原环保规划的及时性,恰恰在于显示政府不想重蹈覆辙的明智。

在《从"双三十"示范工程看推进减排》中,洪涛说:政治品质的高下如何分野?在生态环境保护、污染减排变成国家意志的当下,出招实就是优秀政治品质的集中表现,其可以检验出社会成员对国家意志及其实现过程的态度取向以及参与能力的高低。河北"双三十"单位负责人正式向人大代表承诺,这种公开的社会监督,从机制上封闭了问责人和责任人就问责结果回旋的空间。问责人和责任人,都要接受社会监督。

这应该是潘洪涛生前留给我们的最后的评论观点。

而就在我听到洪涛的噩耗之前,我收到了《中国环境报通讯》。上边有洪涛在中国环境报长沙通讯员培训会的讲稿。

洪涛即使是讲环境新闻报道,也强调一个追求:思想。

洪涛是一个具有思想也追求思想的人。思想使人高大,思想使人伟岸。何况,洪涛本身就是一个高大的人。

我想，在这个世界上，高高大大的人并不少，但洪涛的高大，不只是个子的高大。他的高大，是足足可以用"伟岸"来形容的。洪涛称得上一个"伟岸"的人。

而今，伟岸的洪涛突然离去，他留给了我们长久的唏嘘。

然而，我们绝不只是唏嘘，应该更有缅怀，更有勉励。

洪涛伟岸，伟岸洪涛。洪涛逝去，然伟岸留存。

2011年9月30日匆匆于太原汾河西岸家里

一片绿叶
——怀念章仲锷先生

突然想起,这个十月应该是章仲锷先生故去的三周年吧!就像三年前突然接到章仲锷先生女儿打来的那个电话。

三年前,国庆节日的第三天,10月3日,我的手机突然响起,长长地响着。看看手机,一个熟悉的电话!我突然有一种异样的预感,赶紧接通,但那边传来的,不是章仲锷先生的声音,不是高桦老师的声音,而是他们女儿带哭的声音:"今天凌晨,我爸爸去世了。"果然是个不祥的消息!

接着,章仲锷先生治丧委员会的讣告就寄到了单位。讣告说,10月9日在八宝山公墓举行告别仪式,请生前友好前往。据说,那个告别仪式,是中国当代京城文坛的一次悲情大送别,送别这位中国文学界编辑界雕像式的人物,中国当代文坛杰出的编辑家。无奈,我公务在身,未能前往京城吊唁,只能派人送上深深的哀思:"获悉哀讯,深感震愕,万分悲痛。忆章先生音容宛在,教诲犹存,倍感惋惜。然逝者长留我心。呜呼,祝先生走好!"那种怀念,我始终没忘。

我和章仲锷先生的认识,因了章仲锷先生的夫人高桦。高桦是中国环境文学的倡导者,也是中国环境文学的活动家。她多次组织中国作家环境文学采风团到山西,于是我们就熟识起来。熟识起来后,知道了她还是我的平定老乡呢。只是她父亲早年当兵,担任过傅作义的生活副官,抗日战争的时候,在河南的一次战斗中阵亡了。她只知道父亲的名字叫高羊三,只知道父亲的老家烧砂锅。什么村?不知道。我们那地方过去到处烧砂锅,哪里知道她父亲的村庄是哪里呢?

以后,就从高桦的那里知道了章仲锷先生许多文坛趣事。譬如,从编辑《十月》到编辑《当代》,从编辑《文学四季》到编辑《中国作家》,看稿之外,还是看稿,被高桦和女儿说成是"看稿机器"。譬如,从家出门到编辑部上班,不是穿错鞋子就是穿错袜子,拿着稿子边走边看,听不见汽车喇叭而趴在了车头上,反而埋怨司机不按喇叭。章仲锷把自己的书房称为"磨稿斋"。王蒙怀念他说,他的一生就是读稿发稿改稿退稿,他把自己的一生都奉献给稿子了。

章仲锷与龙世辉、崔道怡、张守仁被称为京城"四大名编",他又是名声响亮的"章大编"。中国当代文学的许多名家名著,都在章仲锷的磨稿斋磨来磨去。山西当代文学的"晋军崛起",就是章仲锷在他的磨稿斋里磨出来的。中国当代环境文学,也是他和夫人在磨稿斋里磨出来的。可以说,是章仲锷磨稿,高桦磨章仲锷。高桦是中国环境报"绿地"文学副刊主编又是环境文学月刊《绿叶》杂志的主编,她动员章仲锷为环境文学写稿,给环境文学拉人,让环境文学光大。

据说,1990年代,高桦在北京人民大会堂组织中国环境文学研究会成立大会,会场一百五十个座位,发出二百份邀请函,结果,来了三百多人,将会议搞得严重超爆,搞得外面以为那里发生了什么事情。之后,高桦和章仲锷组织海内外作家展开环境文学研讨，铺开环境文学采风，编辑环境文学刊物，出版环境文学作品，中国环境文学开启了一个现代时刻。这事，无论在文学史上还是在环境史上，都成为一个辉煌不再的历史时刻。那是中国环境文学最好的时代，也是中国环境人文最好的时代。那是中国环境思想勃发的时代，也是中国环境文化崛起的时代。20世纪末，由环境文学而至于环境文化，由环境文化而至于环境文明，由环境文明而至于生态文明，中国环境保护的人文思想演化，这应该是一个源头。

我邀请高桦章仲锷夫妇到山西采风，已经是21世纪的事了。就在章仲锷先生逝世前一年，他和夫人到山西北地和南部看了看，回到太原，我们组织了一个山西环境文学作家座谈会。章仲锷先生讲，环境文学是写人与自然关系的文学，文学在写人与人、人与社会、人与自身的关系之外，实际还有一个人与自然的关系问题，而这，恰恰是文学的永恒主题。只是，我们过去过分强调文学写人与人的关系而忽略了写人与自然的关系，甚至曾把写自然环境的文学看作是回避社会现实给予批判。其实，环境保护归根结底是人对于环境对于自然的态度问题，因此必须着眼于人，从影响人对环境的意识和行为做起。环境文学不是对社会生活的回避和对人的忽略，而是从特殊的角度对社会生活和人的生活给予介入。

章仲锷先生说，在中国，环境文学的提出，是生态环境保护由无知转为自觉的一种表现，也是文学发展由自省进而升华的一种表现。他说，环境文学是具有生态特性和环境特征的文学，但它并不改变文学的本质属性和美学特性。它不过是文学的本质属性和美学特征在生态环保领域的形象化的表现,同时,也是生态环保领域的现实生活在文学中的形象化表现。这样,文学和自然,都变得更具有了社会价值和时代精神。他说,环境文学是关注人与自然的文学,是关注生态与环境的文学,自然也是维护全人类共同利益的文学,因而,它更容易唤起公众的关注和作家的投入,更超越任何行业性和任何地域性而成为具有社会广泛性的文学,因而也是更具人类意义的文学。可以说环境文学是21世纪的文学。

20世纪90年代之初,一个德国作家访问中国,曾问邓友梅,国际上早有"公害文学"的提法,你们敢不敢发"公害文学"呢?邓友梅说,在中国,我们叫"环境文学"。而在进入21世纪时,中国的环境文学,已经不只是一个概念问题,而是形成了一种阵容。由环境报告文学的轰动和启蒙,而至环境社会意识的惊醒和觉悟,至环境思想理念的萌生与传播,至生态文明现代理论的形成,至生态环境文化现代审美的形成。这里,环境文学起到了破窗或者破晓效应。

章仲锷先生和高桦先生,是环境文学绿地上的两片绿叶。遗憾的是,两片绿叶,一片凋零了。这给环境文学留下了许多遗憾。好在,磨稿斋还在。好在,这片绿叶,留下了《忧天佑地与幽思》,留下了《磨稿余谭》,留下了《同渡之什》,留下了《磨稿斋拾遗》,也留下了《永远的章大编》。《磨稿斋拾遗》和《永远的章大编》,是一片绿叶为另一片绿叶编辑的作品文集和纪念文集。我们在章仲锷先生留下的这些作品里,依然可以看到这片绿叶磨稿时的音容。

章仲锷先生是不怎么言笑的，正直正义，疾恶如仇，他言语沉默，但他的文字不沉默。在他的环境随笔里，可以感受到疾恶如仇的犀利。譬如，对于中国人的嗜吃，他就深恶痛绝地斥责：生态法西斯。说中国人好吃却忽略"吃德"，忽略与家庭道德、职业道德、社会道德并列的"环境道德"。他说，我们生在龙的故乡，却飞禽要吃飞龙，走兽要吃地龙，全然不管保护不保护动物！这样的生态法西斯，同样给人类带来灾难。所以我们要对生态法西斯棒喝一声：嘴下留德！

　　后来，我再走进磨稿斋的时候，董寿平题写的"磨稿斋"匾额，依然静静悬挂在书斋门头。匾额上"磨稿斋"三个字，依然饱含着秦兆阳题写的五言诗意："磨稿亿万言，常流欢喜泪。休云编者痴，我识其中味。"磨稿斋曾是通向中国文坛的地方。那里，书墙依旧，书桌依旧，木椅依旧，一切都是原样。高桦先生甚至不让儿女揩擦书籍上的尘灰，说书上留着你爸爸的手印呢。平时，她就坐在书桌这边，看着书桌那边，似乎一片绿叶依然对着另一片绿叶，相视，相思，相恋。

　　不同的是，高桦先生已经在作画了。她画柿子，画葡萄，画梅，在一片片鲜艳欲滴的绿里，橙黄，青紫，殷红，挂满了半壁书橱。我突然觉得，磨稿斋依旧盎然着一个赤橙黄绿的春天。满头银发的高桦先生在这边画，高高的略微驼背的章仲锷先生在那边看，就像两人曾在春天合影的那幅照片。

　　我终于觉得，这片绿叶，从来没有离去。那不是绑在树梢的最后的一片绿叶，而是种植在心里的永远的绿叶。

　　　　　　　　2011年10月11日草于太原汾河西岸家里

与绵山长存

——悼念阎吉英先生

  鹤驾匆匆 东风不教朝西去
  吉英高举 潸潸辞儿女……

  2015年6月29日，我正在北京月坛公园的雨地走过，打开手机，哲夫发的一首《沉痛悼念阎吉英先生》的诗词惊呆了我。阎吉英先生？！什么时候？怎么回事？悼念如何安排？

  电话打过去，哲夫说，6月25日病逝的，享年七十岁。什么病？不知道。在哪里？不知道。怎么安排？也不知道。他说是从网上看到的，看到就与介休通话，介休没说任何信息。

  北京月坛的雨幽幽的，洒在幽幽的松柏竹柳之间，幽幽地，似泣似诉。

  山西的绵山，那介子推的绵山，阎吉英的绵山，可曾落下幽幽的泪雨？

  我想，此刻，无论他在哪里，阎吉英先生，他的英灵，应该在绵山，应该在介休，在他魂牵梦绕的地方。

  知道并认识阎吉英的时候，大约是在20世纪90年代末吧。他是我的采访对象，是我作品的主人公。或者说，是我们的采访对象，是我们作品的主人公。准确地说，他是"三晋环保行"大型新闻采访活动的采访对象，是"三晋环保行"树立的绿色典型。

当时,山西燃烧着许多污染的"炼焦王国",而介休,是山西最大的炼焦王国。山西的"炼焦王国",一个比一个火;山西"焦炭大王",一个比一个雄。阎吉英是山西介休的"焦炭大王",但他不同于任何一个"焦炭大王",他在山西是一个唯一。

我就是在这个时候走进他的企业世界的。那时,我供职于山西环境报社,阎吉英的山西三佳煤化有限公司获得了中国环境保护先进企业的荣誉,我受派前去采写了短篇报告文学《撑起一片亮丽天空》。我说,中国农民第一次站起来,做了土地的主人;中国农民第二次站起来,做了企业的主人;中国农民第三次站起来,做了环境的主人。阎吉英的道路,就是由黄色财富走向黑色财富、由黑色财富走向绿色财富的道路。作为新农民,他率领的农业生产队,曾经在荒凉贫瘠的黄土地创造了金灿灿的收成;作为创业者,他将荒滩变成了企业,曾经在满是污染的地域里创造了不冒烟的焦炉;作为企业家,他却转变了发展方式,曾经在历史毁损的绵山上创造了美丽的绿色奇迹。阎吉英本身就是个一奇迹。但是,我写成那篇报告文学直至发表,也没有见过阎吉英。

见到阎吉英,是在"三晋环保行"的采访里了。郭忠烈率"三晋环保行"记者团走进阎吉英的焦化企业的时候,高高的烟囱,一丝烟不冒;长长的炉子,一丝烟不冒。在此之前,我给记者们说,你们看到的将是世界上唯一不冒烟的焦炉。哲夫不相信。记者们也说,不是停产了吧?没想,瞅向窥视镜一看,满满一炉火焰,正熊熊燃烧于炉膛。记者疑惑了,不是焖着炉子吧?阎吉英自信地说,发现我焦炉冒一次烟,我就把它推掉!这就是阎吉英创造的清洁型无回收焦炉,之后又改造成为清洁型热回收焦炉。他不仅打破中国人炼不好焦炭的历史,而且开创了中国人造出不冒烟焦炉的神话。就是这焦炉,不仅山西人取经,中国人取经,连美国人也来取经了。那时,山西许多焦炉都因冒烟而被取缔淘汰了,阎吉英正可以扩大生产规模呢,然而这个时候,他却选择扩大转产。

绵山,已经投进去三个亿了,说还要再投三个亿!那是什么地方啊,值得这样投资么?好大一座山,把炼焦的钱都贴进去了,五个亿十个亿,填得满吗?而且收得回来吗?许多人不理解阎吉英,但阎吉英清楚自己在做什么,并且告诉别人他要做什么。他说,就算我们不污染环境,资源产业毕竟是吃子孙饭的事,我们挖得越多烧得越多,留给子孙的资源就越来越少。留一座青山给子孙,不比留几座焦炉给子孙好吗?他要把绵山建成一座绿色之山,文化之山,宗教之山,道德之山。而就在那座山上,我们听到了阎吉英的道德之论:道德,道德,应该是德在道前,道在德后,道德就是德道。德是人品德行,是人的内省与自律;道是自然道义,是人的外制与规律。天下大道,皆出于德。大德之人方为大道之人。德道道德,就是我们秉持的为人之德做事之道。

阎吉英的德道之说,终使我们明白了他为什么开发绵山。绵山,介山,介休的山,介子推休眠的山。介子推,不就是那个春秋时代割股奉君不图回报而焚死于绵山的介子推么?不就是晋文公为了悼念他而将寒食和清明定为纪念日延续至今的介子推么？不就是南有屈子端午节北有介子清明节而为普天同祭的大德之人和大道之人介子推吗？绵山是介子推的大德大道之山，也是阎吉英的大德大道之山！由此，我深深记住了阎吉英先生的德道之说。于是多年以后我请哲夫先生创作了长篇报告文学《大爱无敌——阎吉英的道德观》。在哲夫的作品里，阎吉英的生态环保追求与阎吉英的人类德道思想，是一种融和合一的人类大爱，是一种浑然天成的理想实践。哲夫曾经给出了一个公式：道德＋环保＝生存。这是不是哲夫先生概括提炼的"阎吉英定理"呢？

阎吉英的产业转型——黑色产业转向绿色产业，是在"三晋环保行"的采访之后传播向世界的。后来，听说，无论是清洁无回收还是清洁热回收，将黑色煤炭炼成钢色焦炭的事，他已经不再做。他的焦炉全部熄火，真的停产了。是宁要绿水青山不要金山银山，是拥有绿水青山就拥有金山银山，是留得青山在不怕没柴烧。是青山不老，大道长青。这是作为一个传统而现代的企业家的阎吉英的前瞻远瞩啊！由是，我想起我曾对阎吉英的道路评价：他由创造黄色财富走向创造黑色财富、由创造黑色财富走向创造绿色财富，其实，也许更准确地说：他是由创造经济财富走向创造生态财富，由创造生态财富走向创造精神财富。而精神财富，是真正取之不尽用之不竭的社会财富的源泉。这也许就是阎吉英超越了传统晋商和现代晋商的地方。他是传统而现代的德道晋商啊！

想想，大约已经十年未见面了，阎吉英先生，他怎么就去了呢？这期间，我们组织了首届山西省环保形象大使评选，阎吉英当选，但是，举行颁奖典礼的时候，他没能前来，他派了代表来领奖。那时，山西环保形象大使评选委员会送给他的颁奖辞是：黑色转向绿色，绵山实现了现代企业可持续发展的环保跳跃。然而，绵山依然绿，阎吉英却去了。这期间，世界地球理事会首次在中国绵山举行年会，绿精英云集，但是，会议举行的时候，我未能前去，我选派了记者前去采访。那次，世界环保泰斗莫里斯·斯特朗留给他的题词是：今天我来了，明天我还要来；今世我来了，后世我还要来！然而，莫里斯还没来呢，阎吉英却走了。两次盛会，我与阎吉英失之交臂，我感觉已是很久很久的事了，那么，阎吉英今天走去，将更会是很久很久很久很久的事情……

其实我一直有一个设想想跟阎吉英讲，我想在绵山设立一个人类生态环保的纪念基地，给那些为人类环境保护事业做出贡献的著名人物刻石勒铭树碑立传，让绵山成为世界环保之家。然而设想尚未说出，他已就永远地去了。天地茫茫，我与谁人说？

一个时代的英雄故事就这么过去了吗？一方地域的现代神话就这么结束了么？我想，这其实是刚刚开始。一个英雄故事，结束意味着开始；一个现代神话，开始了就没有终结。一座绵山将流传一个古人和一个今人的故事，这不是新的开始吗？

2015年7月13日。浓云低垂，空气凝重。山西介休，没有落雨，然而介休义安，一派泪雨。整个村庄，沉浸于悲郁。

介休，这个介子推曾经留恋而后长眠的地方，义安，这个阎吉英曾经出生而今归眠的地方，整个村庄，为阎吉英送行。

王建镇痛致悼词的声音在大厅里低回，低回……阎吉英先生，一个正直的、善良的、仁厚的人，却微笑着，俯视着苍生。

阎吉英先生，他终于又走向了绵山，最后一次走向了绵山，安眠在了他的绵山的脚下。他将永永远远地，守护着绵山；永永远远地，守望着绵山。

我终于又想起哲夫先生撰写的五言古风的诗句，那是他曾在《大爱无敌》中写给阎吉英的诗句，而今，却成了给予阎吉英的最后的悼词。呜呼——

大道无常态，大德无常形。
古有介子推，今有阎吉英。

2015年7月13日于太原汾河西岸家里

沉 重
——悼念吕步云先生

没想到，又一个突然，一出宿舍大门，迎面遇见同事，他说，老吕去世了。我顿时语塞，顿顿，说，怎么会这么快？

就像当初，也是在院里，遇见同事，突然说，老吕住院了。我一怔，什么病？同事说，听说是不好的病，在北京呢。

也就一个月前吧，妻子说，听说老吕回来了，我们去看看吧。去看，显然是瘦了，缩了，说话轻轻的，行动慢慢的。

或者说，是比以前更轻轻，是比以前更慢慢了。后来，就碰上他被他的妻子搀着，轻轻慢慢地，走路，散步，散心。

没想到，这还没几天呢，就这么快地去了。

他是轻轻地、慢慢地走去的吗？

想着老吕活着时的样子，我的心是沉甸甸的。

老吕其实不老，也就退休三五年时间。退休之前，是我们厅的副厅级巡视员；副巡之前，是厅里规划财务处的处长；处长之前，是污染控制处的副处；副处之前，是山西省环境保护局借调人员；借调之前，是临汾市环境保护局的环保宣教科长；而作科长的时候，又是《山西环境报》的特约通讯员。

我们就是那时候认识的。大约三十年前，我到山西环境报社做记者编辑的时候，他已经是环保宣教科长兼任特约通讯员了。我们是先认识名字后认识人的。那时，一个名为吕步云的作者，就是报纸版面的名人了，也是编辑嘴上的红人。吕步云的报道，取材、视角、思路、写法，总是独特而老到。他的《投资两千万扯皮两年半》的报道，他的《乡镇企业三同时执行难》的报道——直击问题，准；解剖问题，深；批评问题，狠。我们觉得，这是一个富有思想的人。后来见面，才发现，步云是一个身材瘦瘦头发稀稀的，然而总谦谦恭恭微微笑着的人。但那时看起来，他似乎比我们老到许多许多。

后来，不常见，但渐渐熟了；再后，常常见了，却渐渐疏了。那是他被借调到省局来的时候，在污染防治业务部门帮忙，总看见他匆匆忙忙地跑腿，默默无闻地写字，但是新闻是完完全全不写了。好像就是从那时开始吧，我们不再单单称他为步云，而是尊称他为老吕。大家总是觉得，他比我们老到。听同事说，老吕是南京理工大学的科班生，而且是临汾环保的创始人。因为与局长都是特别能干的人，一山难容二虎，老吕就"被"借调到省局来了。无疑，老吕的业务，肯定是骨干型的，但毕竟是借调啊，借调在上级机关里许多时候，与他同龄的比他年轻的，都可以喊他去做这做那。

就这样忙里忙外的时候，他结束了借调生涯，调进局里了。大家都为他祝贺，他却苦不堪言，说：唉！别提有多费劲了。之后，他当上了副处长，环境管理上的事，他有了话语权，具有了权威性，但做起这些事情，他还是谦恭得很。常常看着他，上班，走路，下班，总是轻轻地，慢慢地，头、胳膊、身子，几乎一动不动，我没有看见过他大步流星的样子。开会，办公，说事，总是微笑着，总是慢慢地，也是轻轻地，即使是决定性的意见，不容置疑的事情，他都是微微笑着，轻轻说着，慢慢想着，征询似的，说给你听。都说，老吕是一个性格脾气特别好而又特别会待人接物办事的人。

之后不久，老吕就被任命为局里的规划财务处处长了，并且一干就是十多年。跑前跑后跑资金，跑上跑下跑项目，跑里跑外解难题，跑东跑西办难事……说是跑，其实还是那样轻轻地慢慢地走着，那样微笑着温和地做着所有的事情。心里急不急，谁也看不出，看出的是，再急的问题，在他这里急不起性子；再火的事情，在他这里火不到脸上。他似乎没有冰点，能做到零下不结冰；又似乎没有沸点，能做到烧开不生气。我是没见过他和谁闹过和谁吵过，即使天大的事情，到他里，似乎都烟消云散了。人们说，老吕这人，特别能装事也特别能扛事。

实际上，就是大楼般沉重的事情，老吕也是一个脊背扛着。十多年前，我们现在的办公大楼建成，而建成之日，就被"焦点访谈"盯上了。一是说用排污费盖大楼，一是说用排污费租大院，而且租了大院不住却盖新大楼。这其实是两任局长手里的两码事，但都让老吕摊上了。谁叫他是规划财务处长呢？我们曾竭力赴京协调，说得不播了不播了，但一个月后，不仅"焦点访谈"曝了光，且《人民日报》也曝了光。"焦点访谈"采访租大院的事情时，局长直接就说：你问吕步云吧，他是财务处长。这可能是老吕这生最出名的一次了，全国亿万电视观众都盯着他：山西环保吕步云。人们安慰他，他却笑笑：不花钱就做这么大的广告，还有什么比这划算的？那个时候，尽管他依然轻轻慢慢地笑着,但他被他的笑憋得满脸通红。

人们都知道,山西省环境保护厅有两支烟筒,一支王景龙,一支吕步云。常常在下班的时候,人们走过两人的办公室,你看吧,一个仰着脖子,两个指头擎着烟,盯着天花板,在冒烟;一个低着个脑袋,两个指头夹着烟,看着桌面,也在冒烟。而桌子面前,两人都堆了一堆的烟头子。抽够了,一个大步流星地回家,一个轻轻慢慢地下班。而这两个人,都曾被称为山西环保的实干家。那时,我为前者写过一个人物通讯《绿林好汉》,也为后者写过一个报告文学《绿色的奉献》。两篇作品都是山西省政府评选优秀公务员要用的,后来,老王那届评选如期举行,老吕那届评选却不了了之。

好在,两人后来都被推荐提升为副厅级巡视员。我曾给老吕一个概括:作为一名政府官员,他勤政务实,无私奉献,争取环保资金百亿之巨,为山西生态环保做出巨大贡献;作为一名人民公仆,他竭诚尽力,兢兢业业,不断探索环境保护路子,为山西污染防治创造了成功经验;作为一名环保专家,他潜心钻研,殚精竭虑,起草多项环保政策法规,为政府决策和环保执法提供了重要依据。如此,未被评为优秀公务员,却提升为副巡视员,也算实至名归了。我们祝贺他,他却微笑着谦恭地说:谢谢谢谢,全凭着大家的支持啊!之后,不久,他就退休了。退休之后,人胖了,也年轻了许多。

他依然轻轻地走路,依然慢慢地走路,依然微微地笑着。然而一个细节,让我深解了老吕。是听邻居说,老吕每天都要给他的孩子开据食谱菜单,由妻子给买菜做饭,但早餐吃啥,午餐吃啥，晚餐吃啥，今天吃啥，明天吃啥，后天吃啥，统统雷打不动，不容改变。我没想到，老吕在家里是如此地说一不二，如此地铁板钉钉，甚至，如此地"霸道"……我突然想起，老吕曾经是富有思想的人啊，也是富有执行力的人。但他后来的弃文从政，或者说纯粹从政，执行力还在，但他的思想还在吗？不过想想，到底是做过文字工作的人，在厅里，他是最理解爬格子苦的人，也常常给我说，知道你们写东西辛苦，那是在熬心熬血哪！但我没给他说：当你敞开思想写作的时候，其实是在放飞心灵，你有一种飞的快乐！

　　我又想起来他的微微前倾着，一根接着一根吸烟的样子。据说，这似乎是人们缓解压力或者释放压力的一种方式。那么，他有压力吗？老吕有压力吗？老吕倒是有一句自己的经典话语，说：咱们的交情，是那种打一架还用不完感情的关系。但我没见过他打架，不仅没见过打架，吵架都没见过。他总是轻轻，慢慢，笑笑。现在忽然想，那笑容的背后，有没有苦恼呢？那轻轻的行走，是不是负载呢？那慢慢的移动，会不会沉重呢？唉！老吕的一个领导叹息：老吕可是受了制了，那制，是你们不知道的。什么制，他使劲指指心窝，没说。那么，也许，老吕，他的微微笑笑是在压抑着什么无形的隐忍，他的轻轻慢慢是在负载着什么沉重的压力；而他的稳稳的一动不动，就像动一动就会有什么东西坍塌似的。

　　然而什么也没坍塌，他坍塌了的，却是实实在在的生命。

　　真是，怎么会这样呢？人们知道了老吕的离去，都惊奇，都惋惜着，叹息着：唉！一个走路都怕踩死蚂蚁的人，怎么就会是这样了呢?

而据他的妻子说,就在老吕生命弥留的时候,他急迫而急促地说出的最后一句话,竟是——"考研,考研,考研!"

这是他留给妻子和女儿的,最后的遗言,也是他留给这个世界的,最后的意志。

这么一个轻轻慢慢走着的人,就这么快地离开了我们。这么一个微微笑着的人,就这么快就给我们带来了悲哀。

许多人说,老吕,走好。那么,走好是什么样子呢?

许多人说,老吕,慢走。人已如此,为何还要慢走呢?

我不想说老吕慢走。我不想他再沉重!

我只想说,老吕,请健步!我想,他应该精神而快活!

老吕不就是"步云"吗?"步云"不就是要轻飏吗?

一个本期望"步云"的人,为什么要永远地沉重呢?

一个已经在生命之外的人,还有什么可以沉重的呢?

老吕已经承受了生命中的不能承受之轻,或者,不能承受之重,祈愿老吕,在想飞的地方尽情飞翔,在灵魂的天堂放飞灵魂!

2016 年 9 月 24 日于太原汾河西岸家里

记着这位文学老人
——悼念李国涛先生

2017年8月30日，早晨，看微信朋友圈，一惊。山西著名文学评论家，《山西文学》第一任主编，山西文学界敬重的文学老人——李国涛先生仙逝，享年八十七岁。

当即在微圈发上双手合十的手势，表达深深的悼念。

次日傍晚，又看微信朋友圈，悼念李国涛先生的文章刷屏。微信公众号"老家山西"推出《像接受秋天的落叶一样，我们送李国涛先生远行》的悼文，被多人转发。

于是也想写点什么了。想纪念和怀念这位文学老人。

其实我与李国涛先生并不熟。不熟，却想写，是因为记起了一点点事情。记起的这一点点事情，也是我忘不了的事情，恰恰也是在李国涛先生编刊物做评论时发生的。

三十多年前，《山西文学》还不是《山西文学》，是《汾水》。我的第一个短篇小说《石榴花》，农村题材的小说，就发表在《汾水》。当时，据说就是李国涛先生签发的。之后，我几次参加山西作家协会的农村题材作品研讨会，并参加了山西作家协会的读书会。后又写一篇小说，好像是《七夕》吧，仍是农村题材的爱情小说，借鉴了意识流的写法。小说编辑王中干把我叫去，讲，李国涛先生希望作者沿着前面的路子走下去，不要走偏了。让我修改，结果，我未做修改，也未投别处，把稿子搁了起来。

当时想，沿着前边的路子走，也就是"山药蛋派"的创作路子吧。那时的山西文坛，老作家复出，新作家涌现，山西文坛当然看好"山药蛋派"的旺盛长势了。遗憾的是，我当时在工厂里做工，并没有好好创作，而是误入他途，赶"文凭热"去了，丢掉了一个不错的文学起步机会，错过了一个不错的创作机遇时期。我知道，李国涛先生是著名的"山药蛋派"的提出者和命名者，曾经前后写了《且说"山药蛋派"》和《再说"山药蛋派"》的著名评论，但事实上，李国涛先生，并不是非"山药蛋派"不取，那时乃至后来的山西文坛，也并非就独尊"山药蛋派"。

  记忆深的，是后来，我进入山西环保界的时候，大约是在1989年吧，《山西文学》隆重推出了麦天枢写的环保报告文学《挽汾河》，而且，李国涛先生还为《挽汾河》写了评论。评论好像是《真实是可怕的》，好像写得激动甚至激愤，好像提出追究市长省长的责任。那样的文字，在李国涛先生的评论里是不多见的。正好，那个年代是一个思想活跃然而也风险潜伏的年代，推出那样的作品和评论，是要有胆识的。恰恰不久，事情就来了。山西官方安排一个任务，就是组织对报告文学《挽汾河》的反驳，要我和胡早收集环境保护事实材料，反驳《挽汾河》在环境保护上的消极甚至负面说法。究竟收集了什么，已经记不清了，只记得一个数字，说山西省政府每年从财政拨出三千万元资金治理汾河污染。当时，从心里讲，我们对《挽汾河》是称好的，但任务又推脱不掉，好在，把所列的材料提供上去之后，也就没了下文。后来，《挽汾河》也并没有遭到什么批评批判。再后，我到麦天枢家里采访麦天枢，说到此事，麦天枢笑笑：在那样的背景下，例行公事嘛！但这事，反证了一个事实，李国涛先生激情评价《挽汾河》，确实是一种文人胆识和笔底担当。

多少年后，2016年的7月，我们组织山西作家生态汾河行采风活动，那天，作家们在南华门那个幽静的小院里集合，大清早，就看见李国涛先生拄着拐杖从门外慢慢地走入小院。满头银发，老态已至，但精神不错，风度犹存。作家们许多人向先生致以问候。就在走入那个花墙门洞的时候，我上前去和先生问候，说话。我说，我们组织作家们去走走汾河，从北到南，看看汾河与您评价《挽汾河》的时候有什么变化。他连连说："好！好！"看样子，他不记得我。但我依然想把关于汾河的信息告诉给老人家。也就是在那次生态汾河行的采风行走中，许多作家知道了《山西文学》曾经发表《挽汾河》的事情，而且在创作的采风作品里，引用了麦天枢《挽汾河》里一个句子"汾河已经死了"。可以说，不仅在山西文学界，在山西环保界，就是在整个山西，《挽汾河》也曾经是一个著名的现象。但这所谓著名，是人们只知道作家麦天枢，却不知麦天枢背后，站着一位富有激情与骨气的文学评论家李国涛先生！谁又知道，事实上正是《挽汾河》和《真实是可怕的》，突然开启了表里山河之间人们对汾河的关注！

但是我记着呢！我想，汾河也该记着呢！

李国涛先生的文章，我是爱读的。我曾经在故乡的书店购买过先生的一册小书《目倦集》。那是他"眼睛酸涩"不能读书时候编定的集子，也是他最后一个集子了。

后来，就在我们商量编辑出版山西作家生态汾河行文学作品《走进一条河流》的时候,山西省作家协会副主席杨占平先生,送我一套五册沉甸甸的《李国涛文存》。

当时,我是捧在手里的。我视之为珍品。

先生往矣!先生的书,先生的文字,得之幸运,藏之珍重。然而,这书,这文字,甚至这精神,转眼之间成为文学的遗产。总感觉,心,戚戚的,一阵悲凉!

2017年9月17日于太原汾河西岸家里

飞上天空的一缕清魂
——山西一线环保人陈志鹏的最后时刻

他飞起来的那一时刻，谁也不知道。

只是报案人说，看着看着，一道灯光，突然就没了。

路是下坡的路，也是弯曲的路，路的旁侧，是一条喇叭形的蒿草萋萋的土沟。

那个时候，夜已深，而且，雾霾也起来了。他的车，与所在城市的灯火，已经是咫尺之间了。

然而，交警赶到的时候，他的生命，已经飞走。

天亮之后，渐渐地，一条消息在微信上传开——

惊闻：2017年11月3日深夜11时许，高平市环境监察大队大队长陈志鹏同志，在重污染天气应急巡查的时候，不幸发生车祸遇难，以身殉职。

陈志鹏，高平市环境监察大队大队长，高平市重污染天气应急中心主任，高平市固体废物治理中心主任。

一身三任，被视作不是班子成员的班子成员。

而这个时候，他的队员们，他的同事们，还奔忙在防霾抗霾的第一线。

听到这个噩耗，许多人，谁也不相信。

怎么可能？昨夜与他在一起的人们不相信。

昨夜，他还在部署重污染天气应急响应的夜巡行动。

山西省环境保护厅发出调度令，4日零时至7日24时，全省各市启动重污染天气橙色预警和响应。晋城市环保局发出电话通知，3日夜里24时，也就是4日零点，局长、副局长、监察队长带队，要直插全市各县工业企业，发起零点行动。

当夜10点之前，他安排了人员，安排了车辆，安排了时间和路线，等待迎接晋城市的巡查夜查。而后，他说，他还要到包片区域转转，看看防霾抗霾错峰生产的措施落实得怎样？停产的企业会不会开启？限产的企业会不会放开？

他说，该停的必须停，该限的必须限，必须盯紧了。

之后，他就下去了。

他就是那个时候去了夜巡的么？据说，单位的司机家里有事，请假，他就自己驾车赶着去夜巡了。

怎么可能呢？昨天与他在一起的人们不相信。

昨天，他还在研究商量4日要给工业企业开会的事情。

虽然已经启动了环保攻坚，虽然已经启动了错峰生产，但也要千万盯紧了污染企业，绝对不允许污染偷排漏排。要给企业念"紧箍咒"，要给污染下"绝杀令"。

但是商量着商量着，接了一个电话，他丢下一句"我得去陪环保部督察了"，带着风，就走了。

在城边村里，见门就进，见炉就看，看"煤改气"改得怎么样了，看"煤改电"改得怎么样了。出出进进六十多户，紧紧张张陪环保部督察巡查一天，傍晚，又回到了单位。

单位已过了下班的时间，但他的队员们仍在等他。

细细检点：明天的会议都通知到了吗？会议的内容准备好了吗？要求的东西一定要讲足，强调的要点一定要说透。其实，这些，当天，他已经不止一次地打电话叮咛过了。

而且，明天，环保部的督察和巡查，还要从晋城过来。

然而，次日给企业开会的时候，就怎么也联系不上他了。环保部督察巡查过来的时候，也怎么也联系不上他了。

办会的同事说：怎么会呢！他还欠我一个会议呢！他可是个从来都不知道偷闲的人啊！

是的，似乎天生就是个奔忙的人。

本来，11月1日和2日，他已经在晋城城区跑着了。是山西省环境保护厅部署的危废督查，是晋城市环保局安排的滚动检查。同去的同事侥幸希望，这下可以出去偷闲偷闲了。

因为已经快一年了，白加黑，五加二，没有节假日，没有星期天，人已经熬不住了。没想到，也是赶着看赶着查，一周的检查压在了两天，查完，11月2日，连夜赶回高平。

他就是要赶回来陪"环保部督察"的，他就是要赶回来"启动零点行动"的。

而赶回来的时候，已经是夜里12点左右。屋里冰凉，别人家都已经送上了暖气，他家暖气不通，坏了，却顾不上修，也顾不上看看哪里坏了。门锁坏了，地板坏了，阀门坏了，厕所也坏了，但统统顾不上修，连看也顾不上看。

只是倒在床上，便呼呼睡去了。就像妻子骨折住院的时候，每晚10点都要去看看，但每晚10点去了，没说几句话，倒在床上便呼呼睡去。睡着之后，妻子就轻轻给他捻着眉头，紧锁的眉头像结了多少的愁，却捻也捻不开，捻也捻不醒。

但电话一响，他蹦起来就接。妻子说，把手机关了吧！他急忙说：不敢不敢！于是她就无奈地怪怨，你们这都是些什么人啊，觉也不睡？半夜半夜地打电话？

而后，也像妻子住院的时候，早晨，爬起来就走了。11月3日，天刚亮，6点左右，他爬起来就走了。上班去了。

谁想到呢，这一走，就没有再回来！

他的妻子，再见到他的时候，就是飞起来之后了。

是在夜里12时左右被交警叫去的。

只说是车祸，只说在医院。

在医院，家人见到他的时候，已经在那种冰冷的房间了。

哪里都没有伤痕，哪里都没有流血，完整的安详的样子。法医说，是肋骨折断，刺穿了肺叶。

她终于压制不住了。这个坚强的女子，浑身往下瘫着，撕心裂肺的一声："志鹏——"感情的闸门崩溃……

两人是从小的同学，他是班长，她是团支书。恋爱，结婚，生子。久久久久，却各忙各的。她先是做保险，之后是做经营，自己在长治创办了电商企业。一个家，离多聚少。

后来，志鹏说："老婆，回来吧，不要在外面奔波了。你回来，照顾好我爸我妈，照顾好咱女儿，照顾好你老公我的身体。"于是，她放弃了经营的企业，从长治撤了回来。

然而撤回来没有多久，却依然离多聚少。

只有电话,是切近的沟通。但电话里,也是只说他的事情,说干啥干啥干啥。她就在电话里说:"我不听你汇报工作!你不要给我汇报工作!"而他,匆匆忙忙急急火火的,最后都是乐乐呵呵地喊这么一句:"老婆,又回不去了!"

她依稀记得,她刚刚打给他的两个电话,都因为占线,而没有接通。但她不知道,在他生命最后的时刻,那分分秒秒里,他还在与他的同事通话通微信。她的两个电话打不进的时候,是同事陆陆续续的 7 个通话,阻断了她的电话。

"又回不去了!"这是常常挂在志鹏电话里的话。

曾经为着赶建城市污水处理工程,征地迁坟。当地迷信,白天不得迁,得黑夜迁。黑夜,尸骨挖出来了,装入棺材,夜色朦胧中,白花花的一片,谁也不敢去干,志鹏去干了,干了整整一个黑夜。他没有回来。

曾经发生废油泄漏交通事故,封闭高速,围堵漏油,防废油污染河流,查废油来往去路。从白日干到黑夜,从黑夜干到白日,吃在野外,做在野外,三天三夜,终于将污染控制,并彻底清理。当时,他没有回来。

曾经暗访发现企业污水溢流,迅速通知,赶紧报告,与晋城环保部门一起处理污染事故。倒逼企业,处罚企业,帮助企业抢险,十多个日夜,盯着企业,企业事后感激:多亏志鹏,要不就出大事了。那时,他也没有回来。

几多个曾经和曾经,他都说"回不去了",但是再晚,再多,他也总会回来;而这次,他没有说"回不去了",可是,他却永远回不来了!

她死活不相信这是真的,但已经无法不相信这是真的。

这已经成为惨重的无奈的悲哀。人们在他的家里,看到了白花簇拥着的他的 42 岁的遗容。

他的环保局局长与他的同事们慰问他的父母,老泪纵横的父亲抓住环保局局长的手:"你们这个环保,怎么就这么忙啊!"

老人家已经好久看不见自己的儿子了。但没想到,这看不见,就真的再也看不见了。是永远看不见了。

他常常打电话给他,但电话打过去,儿子还在那边没完没了与别人讲话。这使得父母难过,后来万不得已,不敢轻易打电话给儿子了。也希望儿子回来和父母家人吃顿热饭,但做了他最爱吃的拉面,却突然接一电话,拉面也顾不得吃了,抬腿就走。

是个星期天吧,儿子回来了,老父亲说,拉我去办个事吧!谁知,坐在他的车上,半路,又一个电话打来,说哪里哪里排污水了。把父亲搁在路上不行,送父亲回家又来不及,拉上老父亲就到了排污的地方。结果,排污的事处理完了,父亲的事情却没办成。

是啊,环保的事,怎么这么忙啊?

他的环保局局长把头埋得低低,哽咽,无言。

是像打仗,是比打仗还紧张。

这是一个环境保护的高压时代,也是环境保护的问责时代。中央环保督查,山西环保督查,强化环保督查,环境保护巡查,重污染天气应对，秋冬季环保攻坚，所有的行动，轮番轰炸，高举两个词：问责，追责。

已经一年没有休息了，常常干过零点。环境保护的高压，压出了高血压。环保局局长血压170，环保局副局长血压160，环保科长血压150。局长在办公室吊着点滴开会，185cm的个子，终于挺不住了，不得不请假治病。

而且，他的环保局局长，因为取缔原煤燃料，遭人在网络上威胁，说老子可是煮肉的，逼急了，拿上快刀给你放放血，而且，居然许多人跟帖怂恿：弄他，弄他！

陈志鹏倒不是高血压，但他心率不齐，时不时心里发慌，到处放着速效救心丸，一百六十斤的块头，瘦成了一百四十斤，忙得一块一块地掉头发，斑秃。人说，这是"鬼剃头"，请个大师看看吧，他说，不信那一套！但他却与自己的副局长们说："人家局长病了，咱可得给人家盯紧了啊！"

意思是，不要让环保局局长被问了责。因为，这个时代，生态环境保护，已经到了摧枯拉朽的时代，任何你不以为问题的问题，都是问题。都可能被问责。问责书记，问责市长，最终，背了问责处分的，却还是环保战士。

陈志鹏自己虽获得过环境保护部、山西环保厅、晋城市政府、高平市政府的奖励，但也无缘无故背了个处分。一个养猪场，乡镇政府作为不力，环保部门老是去逼，但到头来，要给环保监察处分，环保局班子说，我们集体背吧。哪能让局里背处分啊，陈志鹏自己出来担当：我背！

结果，一背，就是一年。一年之内，不得提拔，不得评先，不得评优。而且，依然是纪律挺在前面，问责跟在后面。

这样的处分，许许多多的环保人已经背着了；背着，还得负重冲锋。也许，中国的环保创新，就是由这代环保人的沉重付出，支撑着它的艰难攀升。也许，中国的环境保护，就是由这代环保人的负重爬坡，支撑着它的驱进前行。

不过，不久之前，志鹏终于高兴了，他说："我的处分，就快要到期免除了。"

说这话的时候，他笑出了一种解脱沉重的轻松。

是终于要卸掉一种负重、一种重负了。

可为什么又跌入更为残忍的离失与深痛？

他的母亲看到自己儿媳的时候，身穿黑衣的儿媳扑通给婆婆跪下了："妈妈——，我没有给你看好你的儿子啊！我没有给你看好你的志鹏——"

婆婆按捺着自己，按捺着自己的悲伤："孩子，志鹏他是去工作去了，我的儿子，他是去工作去了啊！"以至于终于按捺不住："他是去工……作……去……了……啊啊啊啊……"

孙女儿紧握着奶奶的胳膊：奶奶，不哭，奶奶，不哭！

奶奶也紧握着孙女儿的手：奶奶不哭，奶奶不哭！

然而，哪能不哭啊！哪能不苦啊！

三代人，紧紧地抱在了一起。三代人的悲泣，如决堤的河流，倾泻而下……

终于，冲决了所有在场的他的同事和朋友的河堤。

他的哥哥，一个现役军官，坚忍却也忍不住了："陈志鹏，这就是不忠不孝不仁不义的人哪！"

"不忠，环保事业正需他干事的时候，他撂下摊子走了；不孝，家里老人需要他尽孝的时候，他留下老人走了；不仁，妻子女儿需要依靠他的时候，他丢下妻女走了；不义，这么多朋友们来看他了，他搁下朋友们走了。"

"志鹏，你能走得轻松吗？"

告别仪式是在晋城举行的。浩浩一个殡仪大厅，黑沉沉的，站了满满当当的吊唁的人们。

一副黑幛挽联，垂挂大厅正面两旁——

忠诚敬业燃尽荣光年华　　保护环境献出青春岁月

他的女儿，向他，向黑压压的人群，叩首。

她说：爸爸，您给我起名雨诺，是千金一诺的诺！您说，为人做事要重诺，那么，我们谁也不能食言啊？你说，只要我一个电话，您就来到我的身边，那么以后，我打电话给您，您可要接啊？你说，到明年3月份，你就有时间了，你说你要陪我高考，那么到我高考的时候，你一定要回来啊！

他的环保局局长，在悲泣和哽咽声里，讲述了他的事迹。

他说：陈志鹏同志短暂的一生，是辛勤奉献的一生，是实干拼搏的一生，是品德高尚的一生，是成绩卓越的一生。他的突然离去，是我们高平环境保护事业的重大损失。我们要化悲痛为力量，自觉担当起环境保护的崇高责任，让高平的天更蓝水更清地更绿，以此告慰陈志鹏同志的英灵。

这时，人们注意到，许许多多的企业人士，来向陈志鹏告别。人们说，这可是他的执法对象啊，甚至，是他的处罚对象，或者，是他的治理对象。人都已经不在了，却还赶来告别，给陈志鹏送这最后一程。

这是什么？这就是人品！

党旗覆盖着绿色的人生，鲜花簇拥着清洁的灵魂。

那时，天空阴霾着，沉默着，低垂下来。

那时，清风过来了，轻拂着，扶摇而起。

那时，一缕清魂，融入清风，飞上了天空。

这清魂，这精魂，能撼动这阴霾的天空吗？

2017年11月14日于太原汾河西岸家里

把自己撒向汾河
——悼念降大任先生

2017年12月15日,一个学者去了。

降大任,多少年前,是因为孟老夫子的"天将降大任于斯人也",我一下就记住了这个写文章人的名字。

多少年后,再看到这个名字的时候,却是微信朋友圈上张勇耀女士和"老家山西"微信公众号发出的噩耗。

那是噩耗,也是纪念文章。纪念文章,却写出了一种洒脱的美:不必悲伤,我们且目送他优雅地挥别这个世界。

看文章,这话正合了降先生的洒脱与优雅。

张勇耀女士说:"先生去世前一周,已决定放弃治疗,并从容安排后事。我们的纪念文章和册子,都在他生前做好,让他看到。他看了,说:'文章太长。'"

人尚活着,就看到了自己的死后。多大的彻悟!

但最让我注意并且记住的,是这样一个表述:遵降先生生前遗嘱,死了之后,不开追悼会,不收花圈,不收礼金,骨灰撒到汾河里。说大家送一送就好。

骨灰撒到汾河。这个遗嘱,让我深深感佩。

就我所知道,这应该是山西今古绝少的了。

那么,为什么要骨灰撒到汾河里呢?

与汾河有什么特殊渊源或者特别故事吗?

我于是到新落成的太原市图书馆去查阅降先生的著作，我希望能在那些著作中找到我的答案。但是，没有。

我查看了他的《山西史纲》《元遗山新论》《勺斋论札》《勺斋诗稿》，没有看到他与汾河的任何事情和感情。

他是山西文史学者，那里面展开的是山西的文化与历史，上下五千年，纵横十万里，不可能有他与汾河。

只是在研究元遗山和研究傅山这山西古代"两座山"的时候，他点到了汾河。但那里也没有他和汾河的影子。

是元遗山深情悲切的《雁丘词》与汾河故事给了他太深的印象么？"问世间，情为何物，直教生死相许？"他的骨灰撒向汾河，是不是要追逐元好问"横汾路，寂寞当年箫鼓""千秋万古，为留待骚人，狂歌痛饮，来访雁丘处"的远梦？

是傅山悠然淡泊的《虹巢》诗与汾河情感给了他太想要的自由么？"汾水初出峡，远心为小栏。山花春暮艳，柳雪夏初寒。"他的骨灰撒向汾河，是不是要守住傅青主那片"细盏对僧尽，孤云旋自观。饥来催晚食，苦菜绿堆盘"的清逸？

不过，我想，汾河已经不是当年的汾河，汾水也不是曾经的汾水，尽管已经改善，但毕竟还是一条污染的河流。

据说，降先生，一位忧患而耿介的学者，一位纯真而优雅的文人，怎么会想到把骨灰撒在污染而浑浊的汾河呢？

我因为久已对汾河的关注和情感，就留意着汾河的过去和现在，也留意着汾河上的人和事。于是，就总想弄清楚这位学者骨灰撒入汾河背后的渊源和故事。

我发信息向"山西文学会"微信群里的周俊芳女士和张勇

耀女士询问，说：看到降先生遗嘱将骨灰撒入汾河我很感动，降先生与汾河有什么特别的故事吗？

张勇耀女士是《名作欣赏》主编，降先生的弟子；周俊芳女士是三晋都市报记者，也熟悉降先生。

她们都以微信语音的方式回复了我。

她们说：降先生与汾河没有什么特殊的渊源和特别的故事。他和他的夫人约定，两个人将来都不留骨灰，不留墓碑，不搞仪式，不设祭祀的地方，都要将骨灰撒在汾河。

她们说，汾河是山西的代表，降先生热爱山西文化，研究山西历史，他的生命和灵魂要和山西大地融为一体，那么，将骨灰撒入汾河，他的整个人就和山西融为一体了。

她们说，降先生和她的爱人都不是俗人，非常反感世俗的一套，非常注重精神层面的追求。降先生直到临去世的时候，都在思考学术问题。降先生是一个精神纯粹的学者。

她们说，非常理解降先生的骨灰撒汾河。生于汾河，研究汾河，最后终于汾河。以汾河为情结，或者说，以汾河为山西情结，完成自己的人生的历程，是一种透彻的生死观。

听得出，在微信的语音里，她们特别感慨。

我也特别感慨。也许我已经找不到我想要找到的故事，但我突然觉得，降先生以自己的终结而开启的，本身就是一个前无古人今少旁者的特别故事。

虽然，他要去的汾河尚未完全清澈，虽然，他灵魂的归宿也许并不理想，但以一个披览了山西历史和文化的人，他已经注定了一种通彻深透的博大情怀。

这是一种特立独行的风骨,也是一种超然于世的人格。

他看着自己死去,冥冥中,也看着自己埋葬。

我记住了这个故事,并以此悼念这位先生。

       2017年12月17日于太原汾河西岸家里

情归何处
——悼念程国兄

那个时候，我的电话响起来的时候，显示的是程国，电话那头传来的却是他女儿的声音。

她说她爸爸不在了，就在那个午后。是在睡觉的时候出的事，哮喘病复发。当时家里没人，出事的时候，手里还抓着喷雾的药瓶。可能是自救都没有来得及。

挂断电话，我怔了半晌。

怎么会这样突然？突然得一切都猝不及防。

之前，还与程国兄通电话，说哪天过去见见面，与他夫妇小聚小聚。没想，这么快就阴阳两隔，永不再见了。

世事真是无常，有些事，不抓紧就永远来不及了。

程国兄是四十年的朋友了，而且是最好的朋友。是早年间几乎天天相见，后来多年不见却也常相挂念的朋友。

都曾是文艺青年和文学青年。都在一个学校读书，都在一栋楼里居住，都在一个工厂劳作。最初的相识，是听到一串笛声。那时候，他在楼西头的楼梯间吹笛，我循声寻去，便由此相识，便引为文艺同好。相识之后，又在报刊亭购买刊物时相遇，都购买文学杂志，从《太原文艺》买到《人民文学》，竟又是文学同好。于是，只要有时间，就凑在一起。

那是文学的 20 世纪 80 年代，是历史少有的文学热时代。

程国兄热衷于写小说电影话剧，我则写诗歌小说散文。我们都住在工厂的宿舍里，总是趴在宿舍的床上写写写，写了，就拿给对方看，总想听到肯定，但往往遭遇挑剔。就面红耳赤地辩，就不厌其烦地改，然后寄给刊物，然后就等待，在等待中看登在报纸上的刊物目录，但等来的多是退多发少。

程国是那种个头不大却善驭庞物的人，在工厂操作的是镗床，十几米的大家伙，上件下件都要用行车吊的，庞大的机器却在他手里玩得滴溜溜转。创作上虽非科班却也雄心勃勃，写剧本瞄的是莎士比亚、莫里哀、奥尼尔，当时就与柴然、任志宏、刘亚林一帮雄姿英发的小哥们成为文友。并且，程国和任志宏联手创作了话剧剧本《春归何处》，油印出来，厚厚一本。两人把剧本投给《剧本》，送请山西著名剧作家给看，著名剧作家说，最好能找一家话剧团先排演。任志宏当时虽然已在文艺界，但找一家话剧团排演，谈何容易？最后，收到的却是《剧本》的退稿，话剧终未面世。

但他总是在写，在工厂的宿舍里，趴在床边，写到深夜，室友终于提出抗议。于是闹出了隔阂。但室友后来要结婚了，他却痛快而热心地给腾出了地方，搬出了工厂的宿舍，租住在了大钟寺的居民老院。在那个破败衰落的老院里，他却与房东处得家人一般热乎。而且就在那里，感受了一种太原老市民的生活，他写出深具意味的散文《破楼上的鸽子和孩子》，发表在了当时的《太原文艺》上。之后，突然有一天，他说，他考上了一家科学之友杂志社，成为那里的文字编辑。那个编辑部我去过些次，感觉他和哪个编辑处得都好。就因为好，往往为编辑仗义执言，结果得罪了刊物的主编。

毕竟是石头撞石头的山里出来的人，是钢铁碰钢铁的工厂出来的人，善良，却直。大概是就因和主编合不来吧，不久，他便辞职了，人事关系也不要了，成了个自由人。但不是自由撰稿人。剧本不写了，小说不写了，连散文也不写了。一个纯粹的自由人。时而给这个电视剧当个场记，时而给那个电视片做个策划，开始的时候，所做的事情，与文化还有些瓜葛；后来，给这个产品做做宣传，给那个产品做做代理，所作所为呢，干脆就与文化不沾边了。许多年里，就这样跑来跑去，行止不定。再后来，因为老犯哮喘病，就完全回到家里调养了。一个家，也就完全靠给了老婆来支撑。

间或，会打个电话来，问候问候朋友，沟通沟通事情，会骑个电动车，远远跑到我单位聊聊坐坐。聊起来旧友，他说，柴然已经是山西知名的诗人和作家了，刘亚林已经由小说作家而变成大老板了，任志宏呢，已经成为著名的央视节目主持人。聊天中，知道他在任志宏到了北京之后，常常要到志宏老母亲那里，看看，坐坐，聊聊。他是那种很重感情的人，始终保持对朋友和朋友家人的关心。但他对朋友无求。不仅无求，反而是能给予朋友的，就会给予。我到他家拜年，看到他唯一的一盆吊兰养得蓬勃葳蕤，夸赞了两句，没想，不久，他居然和女儿把那盆吊兰给我搬来了。

程国是那种富有热心而且也具有能力的人。我总动员他操笔写点东西，或者出来做点事情，但他总是推辞。十年前吧，我们创立一个山西环境文化促进会，想请他组织山西文化人士做做环境文化。费了好多口舌，甚至刺激他"沉沦"，他终于被"激怒"了，终于出山。出来就搞山西首届环境形象大使的社会评选。一个人主抓，征集、推荐、评审、聘任、晚会，全拿了下来。就那台晚会，光跑电视台，接洽，谈判，签约，选人，排练，走台，演出，零零总总，不甚其繁。山西形象大使是名人，节目主持人是名人，颁发聘任证书是名人，但没有人知道，许多名人背后，却是无名之人在操作。

但做完这个事情，他突然提出要回去。当时他已经担任山西环境文化促进会副秘书长了，但他执意要回去。说是身体原因，我想可能不习惯机关的复杂，或不愿这复杂影响大家关系吧。因为，生活里他是个满腔热心的人，轻声细语婉转流畅，但工作中却是个满面严峻的人，快言快语直来直去，难免冲撞了别人。我就听人说：只要钱放那儿，谁搞不了这事！其实，完全不是这样。当时的活动乃至后来的活动，钱就在那里，人也在那里，不就是搞不了么？事实上，人和人是不一样的，绝不仅仅是钱的事。他执意回去，我们也没再硬留。一个自由的人，不愿深陷于复杂的人事。何必难为他呢？

也许这种矛盾的秉性，就成为他人生的矛盾。似乎，日常生活的程国是一副面孔，投入工作的程国是另一副面孔。一个对人热忱而对事冷静、对生活热情而对世事冷峻、对事业热情而对混世冷酷的人，注定不能脱离自己的悖论。这是他的宿命，也是他的痛苦。这种痛苦的结果，就是世事不会依照他的热或者冷而改变，改变的，只有他自己的向内心归隐。

想想，也曾是素怀文化大志，做过文学之梦的人，但他的事业之梦的最后丢失，使我百思不得其解：为什么呢？我想起结婚的时候他赠送我的两册厚厚的大书——《中国大百科全书·外国文学》，他在扉页上题写的"以文章会朋友，举事业为性命"，那应该也是他的座右铭吧？那么，为什么就丢失了呢？为什么梦想只有了开始而就不知了所终呢？

我是要约个时间与他聊聊这事的，聊聊生活，聊聊朋友。谁知，一切都没有来得及，他自己也突然消失了。

这个对人之生活充满热爱的人，他哪里去了？

这个对世之不公横眉冷对的人，他哪里去了呢？

唉，人在的时候，往往不知道珍惜，总觉得来日方长；倏忽间人就不在了；不在了的时候，才懂得什么是失去。

这个世界之上，那个多年不见却也不忘牵挂你的人去了。从此，人海茫茫，你再没有了这么一个最好最好的朋友。

你只有将愧悔和悼念，远远地，遥遥地，祭向冥冥之中那渐行渐远的灵魂，然而，你已经不可能再与他聊聊。

他送我的吊兰，依旧那样蓬勃着，但送花的人，已经不在。那个电话还在，但你已经不可能再听到他的声音！

2018年5月6日于太原汾河西岸家里

后 记

时光，走过了，不再拥有。时间，错过了，也不再拥有。

2019年的最后一天，我翻阅从北岳文艺出版社取回的《走过时光》的校样。编辑已经校过第二校了。版样清清爽爽，偶有星星点点红笔标出的字样，像盛开在纸页里的鲜色的小花，点缀着一片素洁，散发着墨香。我从北京赶回来太原，就是想把这个事情完成在2019年的最后的时间里的。

在出版社拿到稿子的时候不是这样的。编辑给我看第一校的稿子，是满纸乱红，一片狼藉。说实际，稿子的那个样子，似是意料之中的。因为稿子请人输入后，我就没有校过。我想差错肯定是有的，但没想差错会这么严重。

当初将书稿交出版社，年轻的社长即安排了责任编辑，责任编辑即给我提出了调整意见，我稍事修改又发了过去。一切都是在微信里完成的。但后来，一放就是半年。也在微信里沟通过书名，也请我提供过作者简历，也说过合同的事情，但我在北京迟迟未归。眼看这一年就要完了，便赶紧赶回来。一看，书稿已经第二校了。原以为书稿还是原样呢。

其实，之前编辑也发来过校对的截图，向我核实差错的地方。说实际，这稿子，最远的文字已是三十年前的了，虽然都是自己写的，但自己也不清楚那差错该是什么。编辑说，看那么多差错，想到过退稿，也想到作者自校，但看你在微信说已经退休，以为老态已至，一切作罢，还是我自己校吧。我看着密密麻麻的第一校书稿，深为自己的偷懒而不安。

想想，时光过去了，就不再拥有。甚至，就连在那个时间里应该有的劳作、辛苦和付出，也不再拥有，或者，再拥有这劳作、辛苦和付出的时候，已经是在另外的时间里了。

爱也一样。情也一样。梦也一样。想法也一样。

要说，编这本书的想法，也已经过去二十多年了。当初在北岳文艺出版社出版第一本散文集《绿歌》的时候，我就把这些写情爱的文字收在了一起，拟定一个书名《爱歌》。结果，世事推移，移情绿色，对这些文字就淡漠了。淡漠已久，没再操心。偶然会想起来，但想起来的时候，要想看看的时候，却找不到了书稿。多次搬家多次倒腾，以为弄丢了。

2018年的时候，从办公室意外翻出了稿子，如获至宝，遂添入后写的散文，仍以《爱歌》为书名交给出版社。但编辑提出，书名得改改，以"爱歌"为基调的辑名"妻女之爱""父母之爱""乡土之爱""生活之爱""故人之爱"，也得改改。我曾和妻子说，请帮我看看书稿，改个书名。妻子看也不看，说，爱什么爱歌，现在谁还说这？对此，我一直耿耿于怀。

二十年前拟定的书名，二十年后就过时了吗？难道，爱，就这样老掉了吗？之后我费了不少时间不少脑筋，就在想这个书名，也与编辑沟通过交流过，拟了几个都不理想。我心里还是总也舍不得原来的书名，觉得叫什么都不满意。到最后，这次，过去签合同了，才看到，编辑选用了《走过时光》。

记得张洁不是有过一个书名"爱,是不能忘记的"么?说实际,张洁这个书名,我一直也没忘记。当然,最后,我的书稿没用原来的《爱歌》。但是,即使《走过时光》,我以为,爱,也不能忘记。即使不再拥有青春,爱,也不能忘记。即使走过一生,即使不再拥有时光的时候,爱,也不能忘记。

爱和爱的回忆不能忘记。唯以爱,拥有一切留住一切。

2019年12月31日于太原汾河西岸家里